COLLECTION DE ROMANS POPULAIRES

20ᶜ

ANTOINE-ROUM

LE DOCTEUR QUENTIN

5 Rue Bayard
PARIS

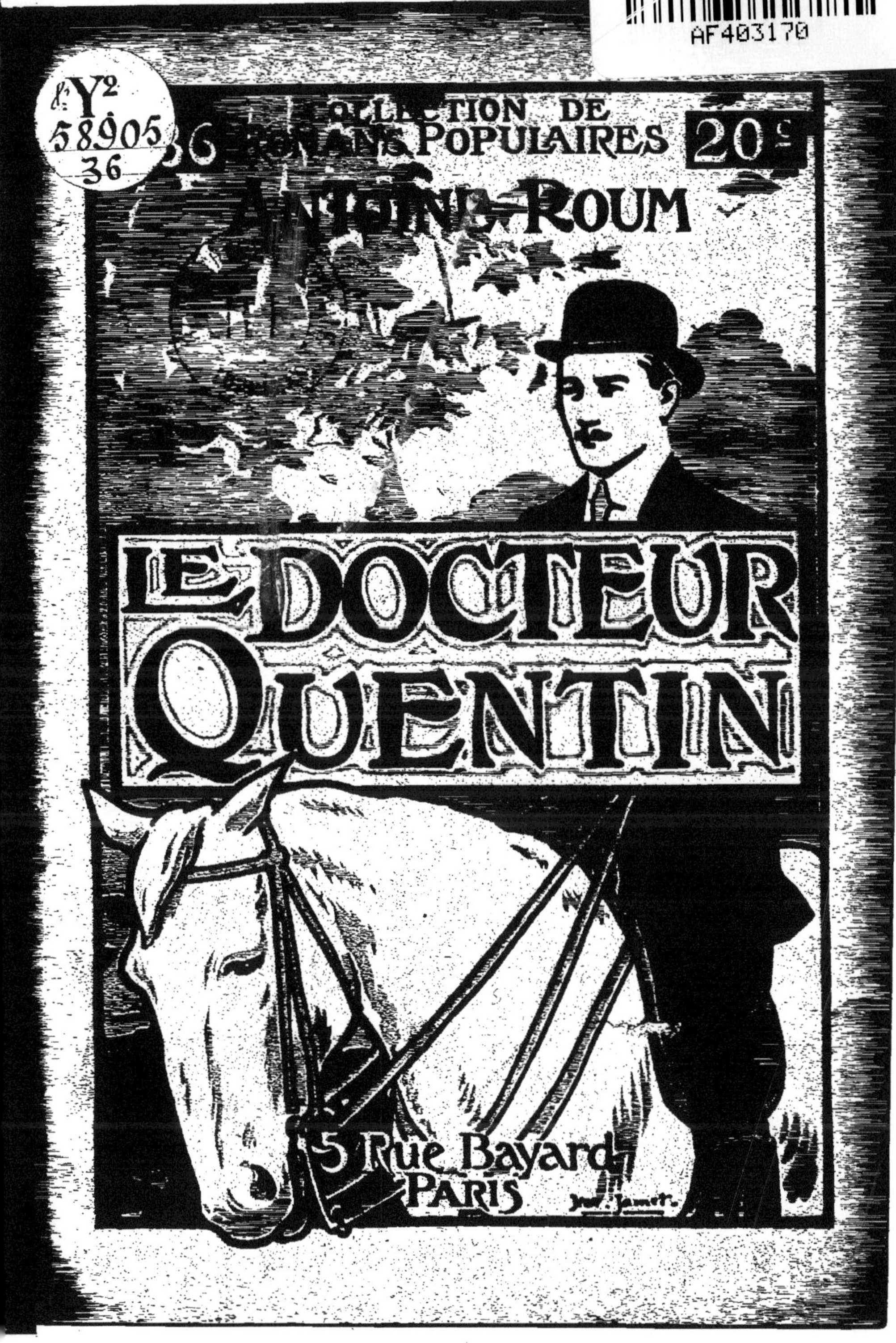

Le Docteur Quentin

PAR

Antoine ROUM

PARIS, 5, rue Bayard, PARIS

Le Docteur Quentin

I

LE RETOUR

BIEN CHÈRE MAMAN,

Ton fils va enfin te revenir. Depuis hier, je suis docteur. Me voici libre maintenant de quitter la capitale et de venir m'installer près de toi, dans notre vieille maison, dans ce beau pays de Lachapelle, que je n'oublie pas.

Je croyais n'y jamais arriver, à ce jour de délivrance! Mais je m'exprime mal. Ce n'est pas la délivrance, puisque je n'étais pas captif. C'est une aube nouvelle; c'est le soleil qui se fait plus beau! Il me semble que je ne devais l'apercevoir qu'à travers un nuage. Tout est mieux éclairé maintenant.

Dans l'éblouissement que me cause ce titre, toute ma vie passée me semble avoir été obscure et pénible. Je me demande comment je pouvais vivre autrefois, avec la si lointaine perspective de mon retour à Lachapelle et de ma vie près de toi. Je me demande ce qui me soutenait, ce qui me donnait du courage, la force de travailler et d'agir comme tout le monde.

C'était toi certainement, ma chère maman; c'était tes bonnes lettres. C'était aussi le souvenir de mon pauvre père, mon ferme espoir de satisfaire le grand désir qu'il avait de me voir médecin. C'est tout cela qui m'a conduit par la main.

Et maintenant que je suis au bout, j'éclate, je n'y vois plus... ou j'y vois trop..... Tiens, je crois que je divague. Il vaut mieux que je finisse et que je te dise : À bientôt, dans huit jours! Je te demande huit jours encore pour mettre en ordre toutes mes affaires, compléter ma bibliothèque et acheter les instruments indispensables.

Dans huit jours, je suis à toi : jeudi prochain! J'arriverai par le train de 6 heures, juste pour dîner. Tu me feras un bon petit dîner, n'est-ce pas? Qu'est-ce que je dis? Ai-je besoin de te demander cela? Allons, à jeudi!

Je t'embrasse mille et mille fois.

Ton grand fou de fils,

Dr OLIVIER QUENTIN.

P.-S. — C'est là ma première signature de docteur. Elle est pour toi.

Mme Quentin quitta ses lunettes, essuya une larme qui coulait sur sa joue, puis continua la cueillette des fraises qu'elle avait commencée quand Léontine, sa jeune bonne, lui avait apporté la lettre de son fils.

Tout en suivant les bordures où, sous les feuilles truitées des fraisiers, apparaissaient les gros fruits rouges si savoureux, la mère du nouveau docteur se prit à songer à la présence imminente de son cher Olivier. Une joie immense l'enveloppait à cette perspective. L'heure qui sonnait, elle l'attendait depuis quinze ans !

Devenue veuve, alors que son unique enfant avait à peine onze ans, elle avait dû s'en séparer tout de suite, dix mois par an, pour qu'il pût commencer ses études et suivre la filière qui le mènerait au but ambitionné.

Les vacances avaient bien apporté de loin en loin un léger adoucissement à sa peine, mais sa solitude n'en avait pas moins été un lourd fardeau, qu'en bonne chrétienne elle était souvent venue déposer au pied de la croix.

Olivier avait poursuivi ses études avec succès. Caractère aimant, esprit docile, intelligence éveillée, il avait réussi partout. Sa mère n'avait eu aucune difficulté à lui faire embrasser la carrière médicale. Elle eut à peine besoin d'invoquer la volonté paternelle.

Il aimait sa mère par-dessus tout, et son grand désir avait toujours été de revenir vivre auprès d'elle dans cette propriété de Beauchamp, leur principal avoir, qu'il n'avait pu oublier, malgré ses longues absences. Nulle autre carrière ne lui permettait mieux la réalisation de ses désirs.

— N'est-ce pas, maman, que nous serons heureux ainsi ? avait-il coutume de dire pendant les vacances.

Ayant terminé sa cueillette, Mme Quentin se redressa et,

chassant un reste de tristesse que ces rappels du passé avaient éveillé, elle s'empressa de revenir à la maison.

Léontine attendait ce retour avec impatience, curieuse de savoir :

— C'est-y enfin M. Olivier qui revient pour toujours, Madame ?

— Oui, ma fille ; c'est pour jeudi prochain. Il faudra se dégourdir et mettre la maison en état. Sa chambre.....

— Ah ! Madame, depuis trois mois que nous la préparons ; il peut bien venir, il sera content !-

La maison Quentin, sise à un demi-kilomètre du gros bourg de Lachapelle, était d'assez modeste apparence, mais vaste et confortablement meublée, à la mode des gens aisés d'il y a cinquante ans. Elle occupait le centre du domaine de Beauchamp. Isolée par son jardin des bâtiments d'exploitation, elle avait abrité depuis cent ans les diverses générations des Quentin.

Le premier du nom, César Quentin, ancien officier retraité des armées impériales, avait créé ce domaine. Ses successeurs y avaient toujours vécu, l'améliorant et l'agrandissant. Le père d'Olivier, Arsène Quentin, avait suivi la même tradition par goût. Un beau jour, cependant, il s'était vu dans l'obligation de négliger un peu ses travaux agricoles, pour obéir aux vœux de ses concitoyens qui, d'un mouvement unanime, l'avaient élevé à la dignité de maire.

Ses affaires personnelles en avaient forcément souffert. D'autre part, la crise agricole et la moins-value de l'argent avaient ajouté à cette diminution des revenus. C'est pourquoi M. Arsène avait désiré de très bonne heure que son fils joignît à son titre de propriétaire une profession assez lucrative pour lui permettre de faire la compensation.

Mais tandis qu'il nourrissait ces projets d'avenir, une grave accusation qui entachait son honneur d'administrateur, et que des menées perfides avaient fait accepter par le public, entraîna la chute de ce parfait honnête homme. Blessé moralement et physiquement, il s'était éteint en quelques semaines. C'est au cours de cette lente agonie qu'il avait supplié sa femme de diriger Olivier dans la voie déjà choisie. A la raison pécuniaire s'était jointe maintenant pour lui la vision confuse d'une réhabilitation possible dans l'avenir.

M. Quentin mort, sa veuve rompit toutes relations, ne vivant plus que pour son fils. Un confident cependant lui était resté, son directeur de conscience, le vénérable curé de Lachapelle.

Ce fut vers cet ami dévoué qu'elle se rendit dans l'après-midi de cette même journée où elle avait reçu la lettre d'Olivier.

A l'approche d'un bonheur si longtemps attendu, c'est à lui qu'elle désirait communiquer sa joie et aussi demander conseil.

L'abbé Boran était depuis vingt ans curé de l'importante paroisse de Lachapelle. Il avait fallu un ordre sans réplique de son évêque pour l'obliger à quitter, à cinquante ans, une petite paroisse voisine où il avait espéré mourir. Son supérieur avait estimé qu'il fallait à son zèle, à son activité et à son dévouement un théâtre plus important.

Justement la paroisse de Lachapelle venait de perdre son vieux pasteur, dont les forces défaillantes n'avaient pu toujours résister victorieusement à l'assaut des idées malsaines. On l'y envoya.

La tâche avait été lourde. La présence de M. Quentin à la mairie avait mis obstacle, pendant un temps, aux assauts des ennemis de la religion. Cet honnête homme, serviable à tous, aux idées très franchement religieuses, allant à la messe sans ostentation comme sans respect humain, en imposait malgré tout.

Il gênait : on le fit disparaître.

L'élection du nouveau maire, M. Perrier, le représentant attitré de la franc-maçonnerie, fut pour les fidèles de l'abbé Boran le signal de la débandade. Le troupeau que le bon curé voyait se rassembler autour de lui, les dimanches et fêtes, fut, en moins d'un mois, diminué de moitié.

Dans cette épreuve, il eut besoin des secours d'en haut pour ne pas se laisser aller au désespoir. De son évêque il eut aussi des consolations et des encouragements. Un jeune vicaire, à la parole ardente, au zèle inlassable, lui fut adjoint. Sa force accrue par celle d'un autre lui-même, il put se dédoubler et multiplier les œuvres : œuvre de la bonne presse, œuvre des catéchismes, œuvre des patronages, etc. Il dépensa sans compter son temps, ses forces, son argent. Ses ennemis ne l'effrayaient plus ; aucun obstacle ne l'arrêtait. Son dévouement pour les pauvres et les malades, ses soins personnels aux

plus misérables de ses paroissiens forcèrent l'estime de tous
ceux que n'aveuglait pas le sectarisme officiel.

Peu à peu il lui sembla qu'il regagnait du terrain : son
église paraissait moins vide. Certes, le nombre ne répondait
pas encore à son labeur intense, mais il sentait une fermen-
tation d'heureux augure bouillonner dans les âmes confiées
à ses soins. Il demandait à Dieu, chaque jour, des forces nouvelles pour se dévouer encore plus à son service et avancer
l'heure bénie de la résurrection de sa paroisse.

L'abbé Béran se trouvait au presbytère quand Mme Quentin
se présenta.

Il n'ignorait rien des douleurs et des espérances de cette
femme. Aussi s'empressa-t-il de prendre la plus large part à
la bonne nouvelle qu'elle venait lui annoncer.

— Le ciel vous devait bien, Madame, qu'Olivier terminât
heureusement ses études. C'est un brave cœur et un esprit
sain. Avec lui, le bonheur va rentrer à Beauchamp.

— Y en a-t-il encore pour moi, du bonheur, Monsieur le
curé ? Je tremble toujours. Le souvenir de la catastrophe qui
m'a si cruellement frappée me poursuit encore, et j'en redoute
les conséquences pour Olivier. Cette pensée atténue singuliè-
rement la joie que me cause son retour.

— Il faut avoir confiance en Dieu, Madame.

— C'est bien en lui que je mets tout mon espoir, et c'est
auprès de vous, son ministre, que je viens chercher des
conseils.

— Je suis à votre disposition, Madame, si le ciel voudra bien
m'inspirer.

— Vous savez comme moi, Monsieur le curé, tous les détails
de cette triste affaire qui entraîna la chute de mon mari et
détermina sa mort. Tout le monde à Lachapelle les connaît ;
un seul est dans l'ignorance absolue : Olivier. Il était trop
jeune à la mort de son père pour avoir pu en comprendre les
causes. Depuis, j'ai déployé toute ma vigilance pour qu'aucun
bruit de mes malheurs ne vînt l'attrister et arrêter, dans leur
épanouissement, ces charmantes fleurs de la jeunesse : le courage et la
gaieté. Jusqu'à ce jour, il a vécu loin d'ici, et ma tâche a été
facile. Mais aujourd'hui, dois-je parler ? Faut-il que je le mette
en garde contre toute parole imprudente ou méchante ? En un
mot, dois-je lui dire que son père, après n'avoir fait que du

bien autour de lui, n'a récolté que de l'ingratitude et qu'il est
mort bafoué, vilipendé, déshonoré par une bande d'envieux et
de méchants?

L'abbé Boran écoutait cette femme dont les années n'avaient
pu calmer les douleurs et les angoisses. Il la plaignait sincèrement, car il comprenait qu'elle n'avait pas fini de porter sa
croix. Elle avait souffert dans son mari ; elle allait probablement souffrir dans son fils.

Il réfléchit un instant, puis :

— Ma fille, dit-il, je participe à votre peine et je comprends
votre embarras. Les conseils que vous êtes venue chercher
auprès de moi se trouveront dictés moins par mon expérience
que par les paroles mêmes que vous venez de prononcer. Vous
n'avez pas voulu, venez-vous de me dire, arrêter dans l'âme
d'Olivier l'éclosion de ces deux fleurs de la jeunesse : le courage et la gaieté. Pourquoi changer de sentiment ? Votre fils
va vous arriver en pleine floraison de jeunesse. Je puis dire
qu'il n'a pas encore vécu, ne s'étant heurté à aucune difficulté
de la vie. Comme tous les jeunes gens, au début de leur carrière, il est plein d'ardeur et d'illusions aussi. Laissez-le s'en-
voler, soutenu par l'amour de sa profession et par la pensée du
rôle utile qu'il va jouer. Laissez-lui ignorer les vilenies qui
l'entourent, la méchanceté des gens, la fausseté et la laideur
d'un trop grand nombre d'âmes. Il fera son apprentissage de la
vie peu à peu. Son intelligence alerte, son habitude professionnelle de l'observation, l'initieront assez vite aux bassesses
humaines, mais son esprit pondéré saura lui donner une compréhension nette de ce qu'est la société. A côté du mal il saura
voir le bien. Et ainsi formé progressivement, sans rien perdre
de ses qualités primordiales et de sa santé morale, il deviendra
capable de supporter les peines et les afflictions dont Dieu a
voulu parsemer notre vie pour augmenter nos mérites. Je sais
bien qu'il risque de se heurter, dès le début, à une parole mal-
sonnante, à une injure qu'il ne comprendra pas tout d'abord
et qui pourra le laisser pantelant et désespéré. Mais de ceci
nous ne sommes pas certains. Quinze ans ont passé depuis les
fatals événements, et l'oubli s'est fait dans les esprits, vous
pouvez donc espérer que les ennemis du père laisseront le fils
tranquille, au moins pendant un temps. C'est de cette trêve
momentanée qu'il faut faire bénéficier Olivier pour sa forma-

tion d'homme. Lui enlever sa confiance en l'avenir, lui casser les ailes à son départ, serait, je crois, un mauvais calcul. Un jour viendra certainement où vous devrez parler. Ce sera peut-être votre fils lui-même qui vous demandera de lui dévoiler le passé. Mais, ce jour-là, vous n'aurez plus rien à craindre : Olivier sera prêt pour la lutte.

Mme Quentin se sentit toute réconfortée par ces paroles du vénérable curé, dont la voix, grave au début, avait peu à peu haussé de ton. Ses dernières phrases avaient même été lancées avec une vigueur qui surprit les deux interlocuteurs.

En rentrant à Beauchamp, la mère d'Olivier semblait plus alerte ; ses traits, habituellement voilés de mélancolie, s'étaient un peu éclaircis. Débarrassée de l'incertitude sur la conduite à tenir, elle pensait avec plus de plaisir à la venue prochaine de son fils.

Cette bavarde de Léontine éprouva le besoin de s'en faire la remarque à elle-même :

— Il n'était que temps que M. le docteur arrive.

Et en disant ces mots : « M. le docteur », elle en avait plein la bouche.

II

LES DÉBUTS

— Monsieur, Madame vous fait dire que le dîner est sur la table et qu'elle vous attend.

— C'est bien, Léontine, j'y vais.

Le Dr Quentin acheva de griffonner quelques mots sur une feuille d'observations, puis se rendit à la salle à manger.

C'était un jeune homme de taille moyenne, avec la sveltesse de la vingt-cinquième année. On remarquait en lui, néanmoins, cette maturité de formes et cette décision d'allures propres aux fervents des sports. Tout en s'adonnant pleinement à ses études, il avait trouvé le temps de cultiver, par hygiène et par goût, quelques exercices physiques, parmi lesquels la marche, l'escrime et la boxe française avaient eu ses préférences. Il faut y joindre aussi l'équitation, par nécessité professionnelle.

Le teint brun, malgré la couleur noire de ses cheveux et d'une fine moustache soigneusement entretenue, les yeux noirs et loin. Il était au physique un beau garçon. Sa mère en était fière. Mais elle appréciait bien davantage ses qualités morales.

Fils affectueux et soumis, malgré son âge et son titre, il apportait dans ses relations avec elle, comme avec tout le monde, cette cordialité et cette exubérance dont la lettre nous a donné un échantillon. Il faudrait bien se garder cependant de lui reprocher une mobilité d'impressions et d'idées que cette même lettre laisserait supposer. La science médicale, toute de réalités et d'observations, avait asservi son esprit, porté parfois à l'exagération. Les idées nettes, sachant voir et comprendre, fixer savait aussi, au besoin vouloir.

Il avait conservé intacte la foi déposée en son âme par les soins de sa mère et cultivée par une éducation religieuse des plus soutenues. Paris et la fréquentation de jeunes gens indifférents ou hostiles avaient bien atténué en lui la ferveur de son enfance, en lui faisant négliger beaucoup de ses pratiques religieuses, mais sa mère n'avait eu aucune peine à le confesser. Très doucement, ce grand garçon reprenait les habitudes pieuses, [illegible] plaire à sa mère, mais par conviction.

Quand il [illegible], Mme [illegible] pour sa question de chaque jour :

— Raconte-moi ta journée, Olivier. Il me semble que tu as eu beaucoup de travail aujourd'hui.

— Tu fais là un jugement téméraire, maman. [illegible] que je suis resté longtemps dehors, ainsi tu seras dans le vrai. Ma clientèle de trois mois me laisse encore bien des loisirs. J'en profite pour courir au hasard, m'abreuver d'air [illegible] les beaux paysages qui abondent ici.

— Toujours enthousiaste, donc !

— Il le faut bien ; c'est ma manière de respirer.

— Très bien ! Alors, dis-moi tes enthousiasmes.

— Quand j'ai eu visité une pauvre malade, j'ai eu l'idée d'aller donner un coup d'œil à notre coupe des bois de la Marière. Mais j'ai fait comme les écoliers, j'ai pris par le plus long. Après avoir traversé les vignobles du Clos [illegible], j'ai longé le parc du baron de la Garde, dont j'ai admiré les superbes frondaisons que l'automne commence à jaunir. [illegible] à propos, peux-tu me dire si le baron habite son château toute l'année, à présent ? Il me semble qu'autrefois il [illegible] à pendant les vacances pour s'enfuir sur les bords de la Méditerranée.

— Il en était ainsi autrefois, en effet. Mais voici bientôt huit ans, depuis la mort de la baronne, qu'il ne quitte plus, ou à peine, sa belle résidence de la Tourotte.

— Chagrin? Lassitude?

— Besoin aussi, je crois, et surtout amour de la vie rustique. La vie excessivement mondaine qu'il avait menée, un peu malgré lui, pour plaire à sa femme, avait écorné sa fortune. Son veuvage lui a fourni l'occasion et le prétexte nécessaires pour enrayer. Il s'occupe beaucoup d'agriculture et donne, dit-on, beaucoup de travail aux ouvriers de la région.

— Sa fortune est donc encore sérieuse?

— Les revenus de ses domaines, joints aux revenus de ce qui lui reste de capitaux, lui permettent de vivre ici sans compter.

— Bon ; puisque je n'ai pas à m'apitoyer sur son sort, je vais poursuivre. Il n'a pas d'enfants ?

— Si, une jeune fille de dix-huit ans, Mlle Geneviève, qui a grandi à la Tourotte et dont on dit beaucoup de bien.

— Parfait ; je continue donc ma tournée. Après avoir laissé le château à ma gauche, j'ai voulu grimper sur le Puy-aux-Moines, près des ruines de l'ancienne abbaye. J'avais gardé le souvenir d'une excursion faite dans ces parages et je voulais revoir le point de vue.

— M'as-tu pas raison? Il est si rare de retrouver ses impressions d'enfant.

— Je les ai retrouvées cependant, et combien décuplées! Je ne parle pas seulement de la vue qui était splendide, par cette journée si claire. Ce qui m'a surtout charmé, c'est ce silence, cette solitude. Quelle sensation de calme et de repos! Pour moi, à peine échappé aux tracas de Paris et au coudoiement de la multitude, ce m'était une jouissance indicible. Comme je comprends les moines du bon vieux temps, et comme ils surent bien placer leurs cellules! L'infini de l'espace et du silence facilitait en eux la compréhension de l'infini des mystères sacrés!

— Te voilà emballé de nouveau.

— Oui, je l'avoue. Si le hennissement de mon cheval, qui ne comprenait rien à mon extase, ne m'avait rappelé à l'ordre, je crois bien que je me serais oublié au point de ne rentrer qu'à la nuit noire.

— Puisque te voilà revenu sur la terre, mon cher Olivier, parlons des choses terrestres. Où en es-tu de tes visites d'arrivée? As-tu vu toutes les personnes que je t'avais indiquées?

— Mais oui, à peu près toutes, je crois.

— Et l'on te reçoit bien?

— Pourquoi me poses-tu tous les jours la même question? A-t-on quelque raison de me mal recevoir?

— Non, certainement..... Mais tu es jeune médecin, nouvellement installé, cherchant à percer, par conséquent. Tu es appelé à empiéter sur des situations acquises. On peut chercher à te rebuter. Tu peux entendre de mauvaises paroles....., des allusions...... Des...... Que sais-je?

— Ah! ma pauvre maman, que vas-tu te fourrer dans la tête? Non, je n'ai rien entendu. Oui, on m'a bien reçu partout. Que ton esprit soit donc en repos. Quant aux situations acquises, si tu parles de situations politiques, je les respecterai et m'en éloignerai comme du feu. Pour les situations médicales, je m'en suis expliqué très franchement avec le vieux Dr Barjon, le seul que je pourrais gêner. Il ne veut pas me céder la place, bien entendu, mais il n'est pas fâché que je lui épargne quelques fatigues. A condition d'être correct avec lui, il me voit avec plaisir.

— Tout est donc pour le mieux, mon cher Olivier, et je me réjouis de tes débuts. Quand tu auras occasion de repasser par la Tourotte, entre voir le baron. Tu lui dois cette visite de courtoisie, comme médecin et comme voisin. Nos biens se touchent sur certains points.

— Si tu veux, maman; mais rien ne presse.

L'installation du Dr Quentin à Lachapelle avait fait sensation. Escomptée par quelques anciens fidèles de son père, critiquée par la masse des indifférents, elle était franchement désagréable au maire et à ses intimes.

Ceux-ci l'avaient tout d'abord jugée impossible. Quand le bruit s'en répandit, ils avaient haussé les épaules et n'avaient pas voulu croire qu'Olivier serait assez fou pour se fixer à Beauchamp. D'après eux, sa mère serait la première à lui déconseiller cette gaffe.

Aussi, dès que la nouvelle fut officielle et que l'on vit le jeune docteur faire des visites à ses amis et annoncer son installation définitive, un conciliabule eut lieu chez le maire.

Celui-ci, l'aubergiste Perrier, était le successeur et, comme il s'en vantait, le tombeur de M. Arsène. C'était lui qui, poussé, suggestionné et soutenu par les Loges, avait tissé toutes les trames diffamatoires contre lesquelles était venu se prendre un beau jour, et par surprise, le père d'Olivier. A son métier d'aubergiste, il joignait celui d'épicier, de commissionnaire en marchandises diverses, d'expéditeur, etc. Sans instruction aucune, sachant à peine lire et signer, il avait cette finasserie du paysan qui ne ressemble en rien à la finesse d'esprit et à l'acuité d'intelligence qu'on rencontre parfois chez certains illettrés.

Incapable de discuter froidement, de saisir un argument et de le combattre loyalement, il en arrivait tout de suite aux paroles grossières et à la violence. Au demeurant, une brute hargneuse et ambitieuse.

Tel était l'homme que la Loge *Parfaite Entente* était venue prendre par la main pour en faire son porte-drapeau.

Ce fut dans son arrière-boutique qu'il convoqua quelques fidèles pour délibérer sur la conduite à tenir vis-à-vis de celui qu'il appelait un intrus.

Vint d'abord le gros Jarbel, la pipe aux dents, le fusil à l'épaule. C'était l'instituteur communal, amateur de chasse et de bons morceaux, l'âme damnée du maire, son bras droit et son inspirateur quelquefois, secrétaire de mairie en même temps et indispensable à ce maire quasi illettré. Il savait son pouvoir et pontifiait volontiers.

Sur ses talons pénétrait le buraliste Sicard. Etre veule et sans aucun relief, il était prêt à tout pour conserver son bureau. Incapable de donner un conseil, bon ou mauvais, on le choisissait surtout pour donner l'essor à tous les bruits que l'on voulait répandre. Il excellait à conter la chose entre deux prises de tabac.

Quelques autres comparses complétaient la réunion : un tailleur bègue à la langue venimeuse ; un raté de l'agriculture qui cherchait sa voie, etc.

On déboucha plusieurs bouteilles de bière, et le maire demanda l'avis de chacun.

— Vous savez, leur dit-il, ce dont il s'agit. Quelle conduite devons-nous tenir vis-à-vis de ce petit docteur de quatre sous ? J'avais supposé qu'après la leçon que nous avions donnée à son père, nous serions à tout jamais débarrassés de cette nichée de cléricafards. Puisqu'il ne veut pas faire le mort, nous doublerons la dose pour le faire déguerpir au plus vite. Qu'en pensez-vous ?

Chacun s'empressa d'approuver.

— Il n'y a que ça.

— Vous avez raison, Monsieur le Maire.

— Qu'est-ce qu'ils veulent encore, ces Quentin ?

— On les a assez vus !

— Puisque c'est bien votre avis, reprit Perrier, il faut agir. Comment pourrait-on s'y prendre pour lui faire rentrer les cornes à l'instant ?

La discussion, comme on le voit, était des plus distinguées. Le maire et ses acolytes étaient à l'unisson.

L'inspiration étant parfois lente chez l'aubergiste, il se retourna vers Jarbel. Celui-ci, entouré d'un nuage de fumée, n'avait encore soufflé mot, paraissant tout à sa *bouffarde*. L'interrogation muette du maire le décida à parler.

— Vous faites fausse route, à mon avis, prononça-t-il lentement. Vous êtes là un tas de trembleurs que les oreilles d'un lièvre font sursauter. Qu'est-ce que ça peut vous faire que ce petit jeune homme vienne se brûler les doigts à faire de la médecine ici ? Croyez-moi, je ne lui en donne pas pour un an à refaire sa malle. Quand il verra qu'on se soucie de lui comme d'une guigne, quand il aura été soufflé deux ou trois fois du nom de son père, sans que vous vous en mêliez, ni vu ni connu, plus personne. Disparus la louve et le louveteau ! Là-dessus, portez-vous bien, je vais chercher le lièvre que j'ai manqué dimanche. Au revoir.

Ayant lentement avalé son bock, Jarbel s'éloigna de son pas pesant.

La réunion se dispersa aussitôt après son départ, tous ayant opiné du bonnet devant tant d'assurance.

Cette décision était assez logique.

Pour quiconque était au courant de la situation, Olivier courait à l'insuccès. C'était bien ce que redoutait Mme Quentin. Il avait fallu une arrière-pensée très arrêtée de ne pas quitter Beauchamp pour qu'elle courût cette imprudence que beau-

[...] ne [...] pas. Mais la résolution était bien [...] de [...] très volontairement depuis longtemps. Alors que [...], dans la conversation que Mme Quentin lui [...], cette question-là n'avait même pas été soulevée.

[...] Boran avait à peine s'en [...]. Il savait que [...] Quentin obéissait en cela aux [...] de son cœur, qui [...], mais non coupable, ne [...] pas lui, et avait [...] espoir dans une réparation à venir.

Seule la question de modalité avait été soulevée, et nous [...] vu de quelle manière le digne pasteur l'avait tranchée. Il avait [...] en l'espèce, car Olivier, sorti brusquement de son ignorance, immédiatement en ferait d'un drame de famille [...] moins [...] que sa séparation [...] non [...] pas [...]

Il fut donc laissé dans l'ignorance. Sa mère consentit [...] grève d'assez longue durée. Olivier débattu sans un [...] [...] précis questions. Certes, comme il le désirait à se [...] les [...] courait au après lui, mériterait le sort habituel des [...] les premiers clients. Il avaient ni grande valeur morale ni grande valeur pécuniaire.

Mais il ne s'agissait guère du petit nombre non plus que du peu de valeur de ses clients. Il ne voyait pas encore la clientèle. Il ne voyait que le médecin et la maladie. Il s'attachait [...] à soulager l'autre. Rien [...] [...] [...] [...] études. Il eut du succès. Ses malades, accoutumés [...] méthodes moins récentes, furent étonnés et ravis. Si ses cures ne lui rapportèrent pas grand argent, elles lui valurent quelques remerciements et quelques éloges, intéressés [...].

Le Dr Boran, [...] le ressentait auprès d'un malade gravement atteint, où tous deux avaient été appelés simultanément, lui reprochaient, avec plus de compétence, la valeur du trop jeune [...].

[...] praticien ordinaire qui le [...] exerçait la médecine [...] professionnelle depuis trente ans, était en somme [...] les [...] récents ou anciens du pays. Sceptique et blasé comme pas un sur la valeur des gens, il avait assisté en specta-teur désintéressé [...] quelque peu railleur, à la lutte contre M. Quentin, [...] lui avait donné le dessous, il n'en [...]

avait rien fait paraître ; il lui eût été impossible, du reste, de remonter le courant.

Quand Olivier vint lui faire visite et lui annoncer son intention de s'installer à Beauchamp, le Dᵣ Barjon le regarda bien en face, comme pour lui dire : « Mais vous êtes fou ! »

Devant le regard calme, l'attitude simple et franche du jeune homme, il se contenta de lui serrer la main et de lui souhaiter la bienvenue.

Connaissant l'état d'esprit du pays, il ne s'expliquait pas l'audace d'une pareille résolution. A force de tourner et de retourner la question dans son esprit, il eut l'intuition de ce qui était ; mais, ne pouvant croire à l'ignorance d'Olivier, il se demanda s'il fallait mettre son attitude sur le compte d'une force d'âme particulière ou sur le compte de la présomption.

Dans tous les cas, il se promit d'apporter à l'étude de ce cas intéressant toute sa finesse de pénétration.

Comme nous l'avons vu, Olivier profitait de ses loisirs pour courir le pays. Il le connaissait peu et mal. Rural par atavisme, en même temps que raffiné par son instruction supérieure, il était dans les meilleures conditions du monde pour en goûter les charmes et les analyser. Monté sur une superbe jument alezane qu'il maniait en cavalier consommé, il aimait à fuir la banalité des routes, préférant suivre les sentiers, trouver des raccourcis et se perdre dans les bois.

Ces courses en tous sens lui faisaient rencontrer quantité de travailleurs des champs. Sans restriction, il adressait à tous un gai salut, qui lui était en général rendu, mais avec plus ou moins de cordialité. Heureux de vivre, il passait sans remarquer ces nuances et ne se doutant pas que des réflexions s'échangeaient après son passage.

Ce fut dans une de ces promenades en zigzag qu'il se décida à faire sa visite au baron de la Garde. Il franchit la grille d'entrée, et après avoir suivi une large allée tournante, garnie de fusains et de houx rustiques, il déboucha devant le château. C'était une belle construction de style Louis XIII qui avait remplacé un vieux château fort, détruit pendant les guerres de religion. Un perron surélevé s'étendait au-devant du corps central du bâtiment.

Sur ce perron quelques fauteuils de jardin autour d'une table. Le baron était assis, fumant un cigare, tandis que sa fille, un ouvrage à la main, écoutait le récit de la visite qu'il venait de faire dans une lointaine métairie. Les pas du cheval leur firent dresser la tête, et leur surprise fut égale à celle d'Olivier de cette rencontre inopinée.

Le jeune homme, venant au château pour la première fois, s'était avancé au hasard, et tombait indiscrètement sur les maîtres de la maison sans pouvoir se faire annoncer. Sa gêne fut encore augmentée par l'embarras que lui causait son cheval. Il ne savait où l'attacher, et ne pouvait, d'autre part, s'avancer vers ses hôtes en tirant sa monture derrière lui.

Mlle de la Garde eut pitié de cet inconnu, et, avec beaucoup de présence d'esprit, sonna un domestique.

Olivier, débarrassé, put alors s'excuser de son arrivée indiscrète et se présenter. L'énoncé de son nom fit très légèrement sursauter le baron. Ce mouvement imperceptible ne fut remarqué que par la jeune fille. Sa politesse d'homme du monde corrigea, du reste, immédiatement ce que ce mouvement aurait pu signifier pour des yeux plus avertis que ceux du jeune docteur. La conversation fut banale ; embarrassée de la part d'Olivier, froide de la part du baron. Aussi le jeune homme s'empressa-t-il de prendre congé dès qu'il eut satisfait aux convenances.

Le soir, en se mettant à table, Mme Quentin remarqua la figure maussade de son fils. Anxieuse, elle l'interrogea :

— Est-ce l'état d'un de tes malades qui te donne cette mine soucieuse ?

— Mes malades sont rares et aucun ne m'inspire d'inquiétude. J'ai plutôt la mine d'un mécontent : mécontent de moi et des autres. J'ai été voir ton baron de la Garde. Comme un imbécile, je suis tombé sur lui sans crier gare et j'ai été grotesque. Si encore il m'avait mis à mon aise. C'est un glaçon que cet homme-là.

Rassurée, Mme Quentin voulut taquiner son fils pour ramener dans ses yeux sa gaieté habituelle. Elle reprit :

— Toi qui es si ardent, tu n'as pas pu le dégeler ?

— J'en ai été bien empêché. Tout de suite, je me suis senti paralysé.

— Est-ce par les beaux yeux de Mlle Geneviève ?

— J'ignore comment elle les a et comment elle est elle-même.

— Ne te défends pas. Je suppose bien que son père ne l'a pas fait appeler pour te la présenter...

— Il n'en était pas besoin : elle était avec son père quand je suis arrivé. Je crois bien que c'est elle qui a sauvé la situation en faisant venir un domestique pour me prendre mon cheval.

— Tu as donc pu la contempler à loisir ?

— En ai-je eu la possibilité ? Encore sous le coup de ma présentation ridicule, j'ai été achevé par la froide politesse de mon interlocuteur. Je n'avais qu'une idée : me sauver dès que je pourrais le faire sans impolitesse.

— Vraiment tu débutes mal dans le grand monde, mon pauvre enfant ! Ne t'en préoccupe pas trop cependant ; tu prendras ta revanche à votre prochaine rencontre.

— Je t'en prie, maman, ne parle pas ainsi. J'espère que c'est la première et dernière fois que j'ai parlé à cet homme.

Mme Quentin n'insista plus. Elle avait fait un effort pour réconforter son fils en prenant la chose gaiement. Combien eût-elle eu le cœur plus serré si elle avait entendu les quelques [illegible] fille après le départ d'Olivier.

— Mon père, j'ai cru remarquer un certain ennui chez vous, quand le Dr Quentin s'est nommé. Ne suis-je pas trop [illegible] de vous demander si j'ai vu juste ?

— Tu as vu juste, petite. Quand j'ai eu devant moi M. Quentin, j'ai involontairement pensé à son père. Tu ne te le rappelles pas ? Voici quinze ans qu'il est mort, après avoir été renversé de la voiture de Lachapelle, dans des conditions toutes particulières où son honneur était en jeu. Il s'agissait, je crois, de spéculations de terrains, de [illegible] communales. J'étais absent quand le scandale a éclaté et je n'ai jamais su le fin mot de la chose. J'avais toujours pris M. Quentin, le père, pour un parfait honnête homme, et il se peut bien qu'il ne fût pas coupable. Mais qu'allait-il faire en cette galère ? On ne peut que se salir en fréquentant les politiciens. Quant au fils, je lui trouve un fier toupet de venir s'installer dans le pays.

— C'est, au contraire, très crâne, à mon avis. Son devoir est de croire à l'innocence de son père, et il doit en avoir les preuves. Puis le pays saurait reconnaître sa culpabilité.

— C'est possible, mais il a du toupet, ce garçon.

III

PREMIERS ACCIDENTS

Sept mois environ se sont écoulés depuis le retour du jeune docteur à Beauchamp. Sa première ivresse de liberté au grand air s'est calmée. Il est bien toujours le jeune homme souriant et affable que l'on a vu débarquer de Paris, mais un peu plus de maturité se remarque dans ses gestes et dans ses paroles. L'exercice de sa responsabilité, le traitement du public, la fréquentation de personnes âgées ont insensiblement transformé le joyeux étudiant qu'il était en un praticien toujours plein d'ardeur et d'amour de sa profession, mais plus conscient de ses devoirs et du rôle [illegible] qu'il a à jouer.

Sa clientèle s'est un peu accrue. Quelques familles qui n'avaient jamais ajouté foi aux calomnies répandues contre M. Quentin [illegible] que sa bonne réputation attire le font régulièrement appeler.

Tout dévoué à ses malades, il sait remonter leur courage et leur inspirer confiance par sa manière d'agir et aussi par la sûreté de son traitement.

Sa mère se réjouit d'autant plus de ses succès qu'elle aurait eu plus de raisons de craindre le contraire. Elle en [illegible] rapporter la cause à l'attirance particulière d'Olivier plutôt qu'à [illegible] passés.

À la vérité [illegible] une certaine gêne dans les relations du jeune docteur [illegible] même avec ceux qui sont devenus ses clients, mais le jeune homme [illegible] aucune attention, ou si parfois il en a la sensation, il met cela sur le compte de sa [illegible] et de sa contrainte naturelle, propre à toute relation nouvelle.

Il voyait bien parfois, dans ses courses à travers champs, les gens le regarder avec une fixité souvent troublante, mais cette attitude ne pouvait éveiller aucun soupçon en lui.

[illegible] la tranquillité avec laquelle [illegible] la fin de M. [illegible] pour [illegible] sa carrière commençait à l'inquiéter [illegible] et en songeant plusieurs fois, [illegible] avait reçu des coups de boutoir de Pierre [illegible] Il aurait eu toutes les peines du monde à [illegible] ce dernier [illegible] souffrance ne lui permettait que de croire qu'il pût s'être [illegible] À ses yeux, l'évènement critique qui avait [illegible] désiraient et qu'il avait prévu pouvait et devait fatalement se produire d'un jour à l'autre. Ne valait-il pas mieux laisser les faits se dérouler d'eux-mêmes? Montrer de la rancune rétrospective, sans nécessité, c'était se priver d'un beau rôle. Que pouvait-on craindre, du reste? Peut-on penser que ce gamin cherchera à ressusciter le passé? Il a tout à redouter de remuer ces vieilles histoires. S'il faut agir un jour, n'a-t-on pas les mêmes armes? Cette lettre qui a confondu le père arrêtera le fils quand on voudra.

L'argument était sans réplique. Perrier hésitait un moment, puis, toutes réflexions faites, n'insistait plus. Non pas qu'il fût absolument rassuré, mais il jugeait plus prudent de ne pas tirer le premier.

Pendant ce temps, Olivier était tout à ses devoirs professionnels, sans préoccupations. On le rencontrait souvent, en pleine campagne, allant de compagnie avec le vieux curé ou son jeune vicaire, s'arrêtant près des paysans et causant avec eux. Le fait avait été rapporté au maire, que cela avait fort chiffonné, car il croyait y voir une arrière-pensée politique.

Il n'en était rien pourtant, et ces rencontres du prêtre et du médecin n'avaient rien que de naturel et de logique.

Parmi les devoirs de son ministère, le vénérable abbé Boran mettait au premier rang la visite des malades. Il laissait le moins possible à son vicaire le soin de ces courses parfois pénibles. Olivier, toujours dehors, soit par devoir professionnel, soit par plaisir, devait fatalement, une fois ou l'autre, rencontrer le pasteur dans ses tournées. C'était lui-même, du reste, qui quelquefois allait lui signaler les cas urgents. Le jeune homme avait pris pour principe d'indiquer aux familles le moment précis où il y aurait nécessité de prendre toutes les précautions voulues, tant au temporel qu'au spirituel.

En général, le paysan qui arrive à ce passage difficile accepte sans difficultés, quand il ne le demande pas lui-même, le notaire et le prêtre. Le fait se produit même quand l'indifférence ou les passions politiques l'ont tenu éloigné de l'Église et des sacrements. Aussi la communication du docteur était habituellement bien reçue. Parfois même on le priait de prévenir notaire et prêtre à son passage dans le bourg.

Le bon curé se réjouissait de ces démarches d'Olivier. Il y voyait la confirmation des sentiments de foi dont il le savait pénétré et l'absence de tout respect humain. Il aimait à rencontrer son jeune ami dans l'exercice de leur ministère réciproque, et volontiers ils s'en revenaient ensemble, échangeant leurs impressions.

— Vous n'avez donc pas peur, mon cher enfant, de vous aliéner certains clients en leur proposant le prêtre?

— Mais non, Monsieur le curé. Si dans le nombre quelqu'un m'en garde rancune, je lui pardonne d'avance. Je crois faire mon devoir en agissant ainsi. N'est-ce pas une sorte d'obligation d'honneur pour le médecin de prévenir son malade, avec toutes les précautions voulues, que le moment est venu de régler toutes ses affaires?

— Vous comprenez, je le vois, votre devoir en médecin chrétien et en ami de vos malades. Avez-vous songé cependant que vous êtes jeune, que votre clientèle n'est pas faite et que vos intérêts pourraient en souffrir?

— C'est vous, Monsieur le curé, qui me parlez ainsi? Vous voulez m'éprouver, sans doute. Dieu merci, sans être riche, je peux faire fi de cette considération d'argent. Je ne demande à ma profession qu'une occupation et un supplément de ressources. Mais n'aurais-je à compter que sur mon travail pour vivre, je crois que je n'agirais pas autrement. Tout blasé qu'il est, le médecin voit la mort de trop près, chaque jour, pour ne pas se sentir remué par l'approche de la *camarde*. Même celui qui ne pratique pas, même celui qui ne croit pas éprouve une sensation d'ordre supérieur au lit de mort de son client. Où est-il celui qui refuserait de favoriser la venue du prêtre consolateur auprès du moribond?

— C'est bien répondu, Olivier, et je suis heureux d'avoir provoqué ces explications. Je reconnais en vous le fils d'une pieuse mère et le descendant d'un homme que j'estimais beaucoup pour ses sentiments chrétiens et sa haute probité.

— Combien je regrette, Monsieur le curé, d'avoir si peu connu mon père et de n'avoir pas pu l'apprécier. Il me serait bien doux de vivre entre ces deux soutiens naturels : mon père et ma mère! Cette pauvre maman n'aurait pas ce visage attristé que ma présence est souvent insuffisante à égayer.

— Priez bien pour votre père, mon cher Olivier. Il vous voit et il vous soutiendra dans la vie.

Ces rencontres étaient toujours agréables au jeune homme.

et combien réconfortantes! Elles contribuaient à sa consolidation morale et l'obligeaient à affirmer sa personnalité.

Olivier rencontrait aussi fréquemment le D' Barjon. Leur conversation était plutôt professionnelle, mais souvent aussi le vieux docteur la faisait dévier. Très au courant de tous les racontars du pays, il initiait Olivier à la vie des campagnes et lui faisait connaître les dessous de la vie rurale.

Avec esprit et malice, il esquissait le portrait des gros bonnets de la commune et savait souligner leurs travers. Ce n'était pas sans arrière-pensée que Barjon aiguillait la conversation de ce côté. Il voulait tâter le jeune homme et le forcer à se dévoiler. Mais Olivier l'écoutait, le visage rieur, lui donnant la réplique avec une verve et une candeur qui intriguaient le vieux praticien et allumaient de plus en plus sa curiosité.

Depuis sa visite au château de la Tourotte, le D' Quentin n'avait pas revu le baron. Bien que ses chevauchées l'eussent amené fréquemment dans les alentours, il n'avait pas été tenté de renouveler l'expérience d'une seconde visite. Il avait quelquefois aperçu de loin Mlle de la Garde, se promenant avec sa dame de compagnie, mais il avait toujours évité de la rencontrer, par indifférence, et bien persuadé surtout que la jeune fille avait toujours dans les yeux sa grotesque attitude.

Un jour, cependant, il ne put fuir. Passant près d'une métairie du baron, il fut reconnu par l'un des bergers. On lui fit signe d'approcher et on le pria de donner des soins immédiats à un jeune garçon de quinze ans qui venait de se briser la jambe.

Tout le monde criait et s'agitait en vain, comme il est assez d'usage à la campagne et ailleurs. Olivier dut commencer par mettre un peu de calme dans ce brouhaha. Il chercha à pousser à l'action toutes ces personnes aussi inertes que bruyantes. Il lui manquait beaucoup de choses pour improviser même le plus simple appareil : du coton, des bandes, des attelles, des coussins, etc. Rien de tout cela n'existait dans ce milieu rustique. Quelqu'un proposa d'aller demander le nécessaire à la demoiselle du château, qui avait une petite pharmacie de secours. Olivier ne pouvait refuser cette combinaison. Il donna une note des objets indispensables et fit des vœux pour que Mlle de la Garde n'eût pas l'idée de venir offrir ses services.

très simplement, mettre à la disposition du praticien sa pharmacie et ses prestations personnel...

Olivier ... pour cacher son embarras,
mais devant l'attitude ... et d'autre personne
de la jeune fille, il rougit ...

Peu de temps après cet incident médical, il eut une
... aventure assez ...

... il était ... dans la contemplation ...
paysage, ... course lointaine, il fut surpris par
la nuit que ... d'un orage. Il avait
pris au plus court, par le bord de la ..., rivière encaissée
... de torrent, que chaque orage ...

Il ... malgré l'irrégularité du sentier. Dans
un éclair, il ... soudain un homme qui venait au-devant
de lui en titubant et qui, brusquement, s'abattit à deux pas
... Il avait ... reconnu ... vieux pêcheur ...
... comme l'animal, ...
il ne ... si ... que pour aller vendre son poisson et
en boire ... Fort heureusement ... soir-là dans la
petite cabane ... bâtie au voisinage de la ...

Ce soir-là, la ... avait été sans doute plus forte et il n'avait pu finir d'atteindre son gîte. Olivier jugea la situation sans gravité pour la Loutre et ne s'arrêta pas. Il n'avait pas fait vingt mètres qu'une idée soudaine lui fit arrêter net sa monture : l'inondation! Si la Loutre reste là, il est perdu!

Vivement le jeune homme mit pied à terre, attacha sa jument à un arbre et vint secouer l'ivrogne. Pas un mouvement. Les appels les plus sonores furent sans succès. N'ayant pas un moment à perdre, le docteur saisit la Loutre sous le bras et se mit à le traîner vers la cabane qu'il venait d'apercevoir à petite distance, sur le talus qui dominait le chemin.

Il eut besoin de toute sa vigueur pour arriver au but avec son fardeau. Enfin il put jeter cette loque pesante sur son grabat. La Loutre avait ouvert les yeux depuis un moment. À la lueur d'un éclair, il distingua Olivier, qui se préparait à partir. Malgré son état d'inconscience, il eut un soubresaut.

— Monsieur Quentin! laissa-t-il échapper.

Et sa voix d'ivrogne avait pris une inflexion bizarre.

Le jeune homme revint sur ses pas. Aucun son ne sortait plus de la bouche du dormeur, qui avait refermé les yeux.

Un nouvel éclair vint galvaniser cette brute. Sa voix reprit :

— Monsieur Quentin..... Monsieur Arsène Quentin..... Monsieur Arsène..... Arsène..... Allez-vous-en..... Allez-vous-en..... Vous ne saurez rien......

Les mots s'étaient succédé très nets d'abord, saccadés ensuite, puis s'étaient terminés, à peine distincts, dans un susurrement d'ivrogne.

Olivier, interdit, se demandait ce que signifiait cette scène. Il n'eut pas le temps d'approfondir. Un coup de tonnerre roula dans la gorge resserrée, et les premières gouttes de pluie crépitèrent sur le feuillage des saules. Il était temps de partir. En un clin d'œil, il eut retrouvé sa jument, qui tirait sur sa longe, et, d'un bond, il fut en selle. Un quart d'heure après, il arrivait à Beauchamp, mouillé jusqu'aux os.

Sa figure préoccupée, en se mettant à table, fit comprendre à Mme Quentin qu'un événement s'était produit. Mais de quelle nature? Elle attendit des confidences.

— Qu'est-ce que la Loutre? fit subitement Olivier.

Mme Quentin tressaillit. Des détails du passé lui revinrent aussitôt à la mémoire. Elle se contraignit à répondre :

— Un parfait ivrogne. Tu t'intéresses à lui?

Olivier raconta alors par le détail toute son aventure.

— Pourquoi le nom de mon père sur ses lèvres? Pourquoi ces mots : « Vous ne saurez rien. Allez-vous-en! »

— Paroles d'ivrogne, sans signification précise..... Que sais-je? Réminiscences lointaines..... Il a peut-être eu à faire jadis avec ton père, pour quelque délit.....

Cette réponse embarrassée, hésitante, parut satisfaire Olivier, qui reprit :

— Oui, peut-être! C'est égal, voilà un vilain bonhomme, qui doit avoir la rancune tenace. Il me revient en mémoire, maintenant, que dans deux ou trois autres circonstances il a dévié de son chemin pour ne pas me rencontrer. Bizarre!..... Sa voix avait une drôle d'intonation, ce soir!.....

Le dîner fut écourté. Olivier avait hâte de gagner son lit. Pour Mme Quentin, elle étouffait. A peine retirée dans sa chambre, elle s'agenouilla au pied de son crucifix.

— Mon Dieu, l'heure est-elle proche? Le moment est-il venu de parler? Il ne soupçonne rien encore, mais je crois comprendre que vous avez fixé le temps de la suprême épreuve. Secourez-moi, mon Dieu! Inspirez-moi! Envoyez votre force à mon fils!

Olivier ne reparla plus de cette rencontre à sa mère. Il continua ses courses avec le même entrain et le même dévouement. Cependant, le souvenir de cette soirée d'orage lui revenait parfois, et à se rappeler le son étrange de cette voix d'ivrogne il devenait songeur.

L'été touchait à sa fin, et avec l'approche de l'automne l'état sanitaire du pays devenait moins bon. Olivier fut un peu plus occupé. Il sentait son importance s'accroître, à mesure que son travail devenait plus régulier. Il avait encore des loisirs, mais ils cessèrent à l'occasion d'une épidémie de fièvre muqueuse qui se déclara dans le pays vers la fin de septembre. Bientôt il y eut même des cas de fièvre typhoïde, et Olivier crut devoir multiplier ses visites pour combattre le mal et aussi les préjugés des paysans.

Barjon, auquel il avait fait part, bien souvent, de ses observations à ce sujet, souriait dans sa barbe et l'engageait à poursuivre sa campagne. Le vieux praticien avait jadis essayé de lutter, lui aussi, mais, devenu rapidement sceptique et moins imbu de ces idées nouvelles sur la bactériologie et les cultures microbiennes dans certains milieux, il avait vite renoncé à remonter le courant. Malgré que son instruction médicale fût déjà un peu démodée, il n'en avait pas moins l'esprit ouvert à toutes les nouveautés et s'était assimilé très facilement les méthodes les plus récentes, mais le feu sacré lui manquait. S'il n'essayait plus de modifier l'état d'esprit de ses clients, il ne les en tournait pas moins en dérision et leur envoyait souvent de ces coups de boutoir que l'on n'aurait pardonné à aucun autre qu'à lui.

Ce tour d'esprit caustique, particulier à Barjon, plaisait beaucoup à Olivier, qui voyait son confrère avec plaisir et faisait appel à son expérience dans les cas épineux. C'est ainsi qu'ils se rencontrèrent un jour auprès d'un typhique.

Après la consultation, le vieux praticien pria le jeune homme de venir à son tour, le lendemain, lui donner son avis sur un pauvre diable accueilli à l'hospice de Lachapelle. Le cas de cet inconnu, ramassé dans la rue, paraissait très intéressant en même temps que très grave.

Olivier prit rendez-vous, et le lendemain, à l'heure dite, se présenta à l'hospice.

Etabli dans une grande et ancienne maison léguée à la commune par un vieux médecin sans enfant, cet établissement était loin de présenter l'idéal du confort et de l'hygiène modernes. Mais tel quel il rendait de grands services, en dépit de son piètre budget. Deux Sœurs de Saint-Vincent de Paul en assuraient le service. A ceux qui s'étonnaient de trouver des religieuses dans un établissement dépendant d'une municipalité franc-maçonne, il était répondu deux choses : la première, que les religieuses coûtaient moins cher et surveillaient mieux ; la seconde, que ces deux religieuses étaient là par la volonté du testateur et qu'il était difficile pour le moment de les déloger.

Ce fut la supérieure, Sœur Sainte-Marie, qui reçut le Dr Quentin et le conduisit dans une vaste chambre dont les quatre angles étaient occupés par de vieux lits de fer. Auprès de l'un d'eux, Barjon examinait son malade.

La consultation fut longue et minutieuse. Il s'agissait bien, en somme, d'une fièvre typhoïde, mais qui semblait vouloir se compliquer du côté du cerveau, en raison d'accidents alcooliques antérieurs dont cet homme présentait tous les indices.

Quand les deux médecins eurent terminé la discussion de
ce cas difficile et établi le traitement, Barjon entraîna son
jeune confrère dans les autres parties de l'hôpital. Il lui montra
ce qui avait été fait et lui indiqua quelles autres améliorations
on pourrait faire avec bien peu d'argent.

— Mais nous n'aurons rien, lui dit-il, pour achever. Les
indigents libres de l'Assistance absorbent toutes les ressources.
Ils sont électeurs, eux, et ici il n'y a, en général, que de vieilles
femmes.

Sur cette boutade, les deux praticiens se dirigeaient vers la
sortie, quand la Sœur Sainte-Marie accourut les prier de revenir
vers le malade. Celui-ci venait d'être pris d'un délire intense,
et l'on avait peine à le maintenir dans son lit.

Barjon, d'un bras encore vigoureux, essaya de le faire recoucher, en même temps qu'il lui en donnait l'ordre d'un ton
impérieux. Le malade, indifférent à tout ce qu'on pouvait lui
dire, s'agitait désespérément et prononçait des paroles sans
suite. Convaincu qu'il n'en viendrait pas autrement à bout, le
vieux praticien s'adressa à son jeune confrère :

— Je vous prie, Monsieur Quentin, prenez dans la poche de
mon pardessus de quoi faire une piqûre calmante et agissez
tandis que je le maintiens.

— Quentin! Quentin! se mit à répéter le malade.

Et son regard se promena sur l'assistance.

— Qui a parlé de Quentin? Il est mort.... Ah! Ah! Bien
joué!.... À terre!.... On l'a descendu!.... La preuve?....
La voici.... Ah! tu ne t'y attendais pas.... Hou! Hou! Touché!.... Défends-toi.... Quentin! Quentin!

Pendant cette scène assez longue, Olivier avait rapidement
fait l'injection, ne prenant pas garde, tout d'abord, aux paroles
incohérentes de l'inconnu.

Devant la persistance des mêmes mots et l'enchaînement des
idées, il ne sut quelle contenance tenir. Barjon, qui avait pu
recoucher son malade, s'efforçait de l'empêcher de parler,
tandis qu'il suivait d'un regard furtif l'effet de ces paroles
sur son confrère. Les bonnes Sœurs, toutes décontenancées,
cherchaient maladroitement à cacher leur embarras.

Vaguement inquiet, conscient de la gêne que cette scène
avait fait naître autour de lui, Olivier, prenant Barjon par le
bras, sortit au plus tôt, sans mot dire.

Ce ne fut qu'à la porte qu'il se décida à parler :

— D'où vient cet individu? Quel singulier délire! Vous expliquez-vous que le nom de mon père soit venu sur ses lèvres, et avec des détails que......

Le vieux docteur coupa court à ces questions :

— Croyez, mon cher ami, que je regrette infiniment ce qui vient de se passer. J'étais loin de m'attendre...... Je compatis sincèrement à la peine que ces paroles ont réveillée en vous.

Entendant ces phrases embarrassées, Olivier sentit une lame aiguë lui traverser le cœur. Que signifiaient maintenant ces paroles du docteur? Quel mystère douloureux fallait-il soupçonner?

— Mais je vous en prie, fit-il, parlez, je ne vous comprends pas.

Ce fut au tour de Barjon de ne plus comprendre. Il voyait l'angoisse sincère du jeune homme et ne savait quelle signification précise attacher à sa demande pressante.

Il prit le parti de rompre. Lui donnant une chaude poignée de main, il s'éloigna en disant :

— Rentrez chez vous, mon cher ami. Rien n'est changé entre nous : je vous suis toujours acquis.

Planté seul au milieu de la rue, Olivier hésita un moment, se demandant s'il s'attacherait à son confrère pour lui arracher une explication. S'apercevant qu'on le regardait curieusement, il n'eut plus qu'une hâte : s'enfuir.

Mme Quentin était au jardin, profitant d'un rayon de soleil, quand son fils vint s'asseoir près d'elle, le regard fou, la figure tirée et blanche.

— Maman, pourras-tu m'expliquer, toi, ce qui se passe? Voici deux fois que l'on prononce devant moi le nom de mon père, d'une manière...... Et cette fois, oh! c'est horrible! Qu'y a-t-il eu?

Mme Quentin se redressa toute. Elle comprit que le moment redouté était arrivé. Cependant, ne voulant rien laisser paraître de son émotion, elle dit lentement, les yeux dans les yeux de son fils :

— Olivier, j'ai, en effet, de bien tristes choses à t'apprendre. J'ai cru devoir me taire jusqu'à ce jour, dans ton intérêt. Puisque l'heure marquée par Dieu a sonné, je parlerai, je ne te cacherai plus rien. Ne tremble pas, mon Olivier, ne baisse pas la tête, tu n'auras pas à rougir du passé. Mais je te veux plus calme, plus maître de toi. Va te reposer dans ta chambre, Cet après-midi, je te dirai tout.

La scène qui s'était déroulée à l'hospice avait été bientôt connue dans Lachapelle. Jarbel en fut un des premiers informés, ainsi que de l'étrange attitude d'Olivier dans les rues.

Tout triomphant, la pipe empanachée du plus beau nuage, il se rendit chez le maire. Leur conférence fut assez longue, mais ils ne firent confidence à personne de leur entretien.

IV

LE PASSÉ

C'est dans sa chambre que Mme Quentin avait convoqué son fils. Malgré qu'il dût lui en coûter de remuer le passé, elle n'avait pas une hésitation. N'était-ce pas le moment prévu et voulu qui devait marquer une ère nouvelle?

Nous la suivrons dans cette voie douloureuse que fut le long récit qu'elle fit à son fils.

Les circonstances qui avaient déterminé, seize années auparavant, la chute du maire de Lachapelle, Arsène Quentin, étaient encore très nettes dans beaucoup de mémoires et appréciées, en général, à son détriment. Il est assez d'usage que la masse du public juge d'après les apparences. Elle ne voit que le gros des événements, ou plutôt elle ne voit que ce qu'elle a intérêt à voir, c'est-à-dire ce que les meneurs ont intérêt à lui faire voir.

La commune de Lachapelle, sous la tutelle de M. Quentin, avait joui longtemps du calme qui est la conséquence d'une administration juste et ferme, quoique paternelle. A part une petite lie comme il s'en trouve partout, l'ensemble de la population vivait tranquille, sans agitation, contente de son maire et n'ayant pas l'idée d'en changer.

Au dernier renouvellement du Conseil, l'aubergiste Perrier avait été appelé à remplacer un conseiller décédé. Faisant le bon apôtre, serviable à sa manière, bien vu du public agricole, à cause de son commerce, il avait paru présenter assez de garanties pour que M. Quentin n'eût pas hésité à le prendre sur sa liste. Sans doute on ne lui connaissait aucun principe religieux, [illegible] il ne faisait pas montre d'hostilité irréligieuse.

Il n'en fut plus de même dès qu'il fut en place. Ambitieux avant tout, il se dit qu'il fallait [illegible] plus [illegible]. C'est alors qu'il se laissa affilier à la Loge Parfaite Entente et qu'il commença à agiter la commune. Il sut recruter des adhérents et se créer un parti qui, s'il n'était pas le plus nombreux, était bien le plus bruyant et le plus actif.

Les amis du maire croyaient de leur devoir de mépriser ces adversaires de peu de valeur et ne s'en faisaient pas faute. Très confiants dans la valeur intellectuelle et morale de M. Quentin, ils se reposaient sur lui du soin de combattre Perrier et ses partisans. Aussi, en attendant, se gardaient-ils de mettre obstacle à la propagande de ces derniers. Ils voulaient bien s'en moquer entre eux et juger détestables des opinions si radicales et si contraires à leur idéal, mais ils ne faisaient [illegible] pour éclairer la masse et la mettre en garde contre le mal. Toujours le système de la confiance aveugle et de l'inertie.

Outre la propagande [illegible] le public, Perrier ne perdait pas une occasion de tracasser le maire dans le soin [illegible]. Il lui faisait une opposition systématique, s'appliquait à lui créer des ennuis et à le mettre en mauvaise posture. Il n'avait cependant pas réussi à l'émouvoir, quand survint une affaire d'électricité qui lui fut un nouveau prétexte d'opposition forcenée et lui donna l'occasion de frapper un grand coup.

Une Société industrielle avait passé un traité avec la commune de [illegible] pour l'établissement d'une usine électrique sur les bords de la Banne. L'opération était bonne pour la commune, qui voyait augmenter ses ressources et recevait un secours important pour son éclairage public, sans compter la vente de terrains communaux improductifs. Perrier lui-même n'avait pas fait d'opposition.

Par suite de fausses manœuvres ou d'études incomplètes, la construction du canal rencontra des difficultés imprévues. D'autre part, un bloc de rocher énorme, faisant partie d'un amoncellement de rocher suspendu au-dessus de l'emplacement projeté de l'usine, s'étant détaché, faillit écraser une équipe d'ouvriers. La Compagnie, voyant là un danger permanent et une menace d'anéantissement pour ses installations, renonça à son projet.

Ce fut une désillusion pour les habitants de Lachapelle. Dans l'intérêt général, M. Quentin crut devoir engager de nouveaux pourparlers et finit par amener la Société à accepter un nouvel emplacement pour son usine.

Mais comme ce projet nouveau était plus onéreux, elle refusa d'accorder à la commune tous les avantages concédés antérieurement. Perrier fit du tapage au Conseil et dans le public ; tout le monde regimba. Le maire lui-même opposa une vive résistance et fit l'impossible pour obtenir des conditions meilleures. Rien n'y fit. Une lettre très brève fut adressée par la Compagnie à M. Quentin. C'était à prendre ou à laisser sans délai, une installation nouvelle sur une autre rivière étant à l'étude.

Devant un pareil ultimatum, M. Quentin fit observer à son Conseil qu'il y avait lieu de bien réfléchir avant de répondre par un refus. Si, d'un côté, la commune ne retirait pas de cette affaire les avantages qu'elle en avait espérés un moment et qu'elle était en droit d'en attendre légitimement, de l'autre, l'abandon du projet allait aussi la priver d'avantages certains, tels que la plus-value de l'impôt et la vente des terrains communaux. D'autre part, l'installation d'une usine de ce genre sur le territoire de la commune était une amorce pour le développement de l'industrie dans le pays.

La sagesse de ce discours n'était pas faite pour contenter Perrier. Il entendait à tout prix critiquer les démarches du maire, [illegible] ses maladresses et sa mauvaise gestion dans cette affaire. Il ne s'en fit pas faute.

Mais la majorité, après avoir médité les paroles raisonnables qui venaient d'être prononcées par M. Quentin, décida de passer outre aux protestations et vota le traité.

Les nouveaux travaux commencèrent immédiatement. Les adversaires du maire eurent l'air de ne plus bouger, mais dans de nombreux colloques privés il fut bien décidé de continuer la guerre et de guetter toute occasion favorable.

Cela ne tarda pas.

Pour le transport des matériaux de construction, la Société avait utilisé un vieux chemin qui devint bientôt impraticable et [totalement] impropre au service ultérieur de l'usine, tant à cause des machines pesantes qui restaient à installer que du long détour qu'il occasionnait pour aller à la gare. Elle décida donc la construction d'une petite route plus courte et facile à établir, les riverains donnant le terrain.

Par l'effet du hasard, il se trouva que cette route longeait sur cinquante mètres environ un lot de dix hectares de bois de hautes futaies, appelés bois de la Tremble, appartenant depuis longtemps à la famille Quentin. Le grand-père de M. Arsène les avait achetés pour un prix modique dans une vente publique, mais on n'avait jamais pu les exploiter, faute de voies d'accès.

Du fait de l'ouverture de la route de l'usine, ces bois prenaient une valeur considérable. C'était là une heureuse circonstance pour M. Quentin, mais combien inopportune !

Le bruit ne tarda pas à se répandre, et il est inutile de dire qui l'avait lancé, qu'il y avait eu entente, dès le début, entre M. Quentin et la Société. C'était le maire, disait-on, qui avait fait abandonner le projet primitif, comme trop coûteux et trop dangereux. Et comme la Compagnie résistait, M. Quentin avait mis en avant les grands moyens. Il avait machiné le déplacement de l'énorme bloc dont la chute avait failli avoir de si graves conséquences. On ajoutait qu'il ne pouvait y avoir aucun doute à cet égard, car la Loutre avait un jour laissé échapper ce secret, après boire. Cet ivrogne, disait-on, menacé d'incarcération pour son intempérance, avait dû obéir aux ordres de M. Arsène. Se dissimulant facilement au milieu des éboulis gigantesques, il n'avait eu aucune peine à ébranler, avec un cric, un énorme bloc placé en équilibre instable et à l'envoyer sur les chantiers à une heure habilement choisie.

C'était absurde, mais, habilement et complaisamment rapportées, ces paroles produisirent une impression considérable. Il en résulta un changement de front dans l'attitude du public.

La masse pauvre est facilement jalouse du bonheur d'autrui. L'aubaine dont bénéficiait M. Quentin semblait narguer sa propre misère et ne pouvait pas être à ses yeux le résultat du seul hasard. Devant l'énormité de cette accusation et en raison de son invraisemblance, M. Quentin haussa les épaules. Il pensa que tout son passé d'honnêteté suffirait à faire rentrer dans l'ombre ces racontars ridicules. Le témoignage de la Loutre, de cet ivrogne, de cette brute méprisée de tous, lui paraissait devoir, à lui seul, enlever toute efficacité aux manœuvres déloyales de ses adversaires.

Il n'en fut rien. Les élections municipales approchaient, et cette fièvre de nature spéciale qui caractérise les périodes électorales prédisposa les habitants de Lachapelle à une crédulité sans bornes. Beaucoup, ne voyant paraître aucun démenti, passèrent à l'ennemi.

M. Quentin comprit qu'il y avait urgence à agir. Quinze jours avant les élections, ayant à réunir son Conseil, il résolut de profiter de la circonstance pour confondre ses détracteurs. Devant les regards inquiets ou sceptiques des conseillers et du public, il éprouva une légère angoisse, mais, fort de son intégrité, il raffermit ses idées.

Profitant d'une dernière formalité relative à cette affaire, il refit l'historique de ses pourparlers avec la Société. Il établit le bien fondé des impossibilités matérielles auxquelles s'était butée l'entreprise dans ses premiers travaux et la réalité du danger permanent qui résultait pour elle de la disposition des rochers en surplomb.

Malgré le bruit et les interpellations violentes de Perrier, que ses amis soutenaient énergiquement, il fustigea la crédulité publique et la mauvaise foi de ses adversaires, qui allaient chercher le témoignage d'un la Loutre! Puis il montra que si, malgré tous ses efforts, la Compagnie avait tenu bon dans son second traité, il ne pouvait en être rendu responsable. La Compagnie avait fait une fausse manœuvre la première fois, et cela l'avait rendue plus âpre et plus acharnée à la défense de ses intérêts.

Du reste, rien n'obligeait le Conseil à accepter des conditions qu'il estimait mauvaises. Si la majorité avait cru devoir passer outre, c'est bien qu'elle y avait trouvé un certain avantage. Son rôle à lui s'était borné, après avoir tenté l'impossible auprès de la Compagnie, à exposer impartialement la question, et il s'était fait un scrupule de peser sur son Conseil.

Il espérait, en conséquence, que ses amis, ses vieux collaborateurs, feraient bonne justice autour d'eux des insinuations malveillantes dont il était l'objet. Son passé d'honneur et d'intégrité, les services rendus à la commune, la confiance qu'on lui avait toujours témoignée et enfin l'héritage d'honnêteté transmis par les siens, tout lui traçait son devoir et lui inspirait des sentiments bien supérieurs aux vilenies qu'on osait lui attribuer.

Ce petit discours, prononcé d'une voix émue et, sur la fin, vibrante d'indignation, produisit un grand effet sur le Conseil et sur les nombreux spectateurs attirés par cette séance sensationnelle. Il y eut un moment d'hésitation chez les opposants, qui cherchèrent le mot d'ordre dans les yeux de Perrier.

Celui-ci se leva. Son visage blême et haineux imposa le silence. Une nouvelle angoisse étreignit encore le cœur de M. Quentin.

Perrier avait une grande enveloppe à la main. Il la tourna et retourna plusieurs fois avant de se décider à parler. Il semblait ne pouvoir trouver aucun mot. Cette hésitation, qui ne lui était pas habituelle, augmenta l'attention de tous. Enfin il se décida.

— Messieurs, dit-il, notre maire vient de nous débiter de belles paroles. C'est comme ça qu'il a toujours su nous en imposer. Moi qui ne suis pas savant, je ne comprends qu'une chose : c'est que dans toutes ces affaires la commune a perdu de gros avantages et que M. le maire y a gagné une petite fortune. Il veut nous faire suspecter le témoignage de la Loutre, mais il en est un autre qu'il ne pourra pas récuser : sa propre signature.

Très ému, soupçonnant une infamie, M. Quentin se dressa. Mais avant qu'aucun son ait pu sortir de sa bouche, Perrier avait repris :

— J'ai là une lettre que je vais vous lire. Vous jugerez après. Je dois vous dire que je n'ai apporté que la photographie de cette lettre. J'ai laissé l'original à la maison, car on ne sait pas ce qui peut arriver. Voici :

Monsieur l'ingénieur,

Ainsi qu'il a été convenu entre nous dans nos diverses entrevues, je me suis efforcé d'amener mon Conseil à accepter vos nouvelles propositions. Le morceau sera peut-être dur à avaler, mais je compte réussir. C'est dimanche que la chose se décide, et je viens de réfléchir que, pour m'aider à réussir, il me faudrait une lettre où vous me diriez carrément que vous abandonnez vos travaux si le Conseil ne vote pas le projet.

Dans l'attente de votre réponse, je vous prie d'agréer l'assurance de ma parfaite considération.

Anselme Quentin.

Dans un grand mouvement d'indignation, le maire se leva, protestant de toute son énergie contre cette infâme machination.

— Tout mon passé, cria-t-il, proteste contre une démarche de cette nature. Elle suppose une fausseté dont vous me savez incapable. Cette lettre, je ne l'ai jamais écrite. Ce n'est pas mon style, ce n'est pas moi. C'est un faux qu'on vous soumet.

Perrier, sans rien dire, présenta la photographie à M. Quentin, que tous les conseillers debout entourèrent immédiatement.

Les uns atterrés, les autres trépignant de joie et poussant de véritables hurlements, tous reconnurent l'écriture du maire. C'était bien sa signature presque inimitable. On reconnaissait le papier à en tête de la mairie avec la mention : Cabinet du maire. Et, ce qui était plus grave, au bas figurait le cachet des archives de la Société électrique.

Effondré dans son fauteuil, M. Quentin lisait sa condamnation sur tous les visages : ses plus fidèles amis détournaient les yeux sans parler. Le triomphe de Perrier était indiscutable.

Il ne pouvait être question de continuer la séance. Le premier adjoint prit le maire par le bras et, doucement, comme on fait d'un malade, l'entraîna vers la sortie. La foule qui criait et s'agitait se rangea, soudain silencieuse, bien qu'hostile, devant cet honnête homme que ses ennemis venaient d'abattre.

Olivier, assis en face de sa mère, avait vu se dérouler devant ses yeux tout ce passé que, le matin encore, il ne soupçonnait pas.

— Ai-je besoin de te dire, ajouta Mme Quentin, ce que fut le retour de ton père à Beauchamp ? Je lus la catastrophe dans ses yeux et dans son attitude. Ce fut un homme frappé à mort qui tomba dans mes bras. J'appris peu à peu par lui et par quelques amis dévoués les détails de cette machination infernale. J'en fus épouvantée, mais j'étais impuissante ; ton père ne chercha pas à se défendre : qu'aurait-il pu dire de plus ? Perrier, avec un nouveau Conseil, s'installa à la mairie un mois après. L'agonie de mon pauvre malheureux fut un véritable martyre. Sans cesse devant ses yeux passaient les scènes de cette affreuse séance. Les protestations indignées de la Société électrique, les consolations de notre vénéré curé, mes soins les plus empressés, rien ne put le rattacher à la vie. Tu ne puis rien comprendre à ce mal étrange, à cause de ton âge, et, du reste, nous fîmes notre possible pour t'éloigner. C'était pourtant à toi que pensait ton père en mourant, car en toi il voyait le vengeur futur de son honneur bafoué, méconnu. En toi il voyait luire l'aube de la réhabilitation, et c'est lui qui, absent, a guidé tes pas et dirigé ton éducation. Voilà, mon enfant, la cause de cette tristesse que tu n'as jamais comprise. J'ai dû me taire jusqu'à aujourd'hui. Maintenant tu sais tout.

Pâle, les yeux fixes et secs, comme absent, Olivier avait écouté cette longue confidence sans dire un mot. Sa mère avait achevé de parler qu'il écoutait encore.

Anxieuse, celle-ci le regardait, n'osant l'interroger. Ce silence, cette immobilité l'inquiétaient plus qu'un profond désespoir qui se serait traduit par des larmes.

Enfin Olivier sembla revenir à lui et, regardant sa mère :

— Quoi, maman, c'est avec un tel passé derrière moi que tu m'as laissé revenir ici?

Cette question inattendue la redressa soudain :

— Douterais-tu de ton père?

— Oh! fit Olivier.

Et, sans un mot de plus, il s'affaissa, se couvrant la figure avec les mains.

* * *

M. l'abbé Boran, prévenu dans la matinée par Mme Quentin, avait inutilement frappé à la porte. Alors il était entré doucement et avait été témoin de cette scène. Il fit signe à la pauvre mère en larmes de sortir et se tourna vers Olivier.

Longtemps il regarda le jeune homme immobile. Celui-ci, après être resté un moment le visage couvert, s'était renversé sur son fauteuil. Le regard fixe, il n'appartenait plus au monde extérieur. Ses pensées se pressaient tumultueuses, et tant qu'aucune précision ne vint s'affirmer dans son esprit il garda l'immobilité du cadavre.

Enfin le vieux pasteur vit perler une larme, bientôt suivie d'une seconde, tandis qu'un soupir soulevait sa poitrine.

— Pleurez, mon enfant, lui dit-il en lui posant la main sur l'épaule. Voici la minute que j'attendais.

Olivier sursauta.

— Vous étiez là, Monsieur le curé? Ah! mon pauvre père, mon pauvre père!

Serré sur la poitrine de l'abbé Boran, le jeune homme pleura abondamment, sans pouvoir prononcer d'autres paroles.

Enfin une détente se produisit, amenée par les larmes. Olivier questionna :

— Pourquoi m'avoir laissé dans cette ignorance ? Ah ! je comprends tout maintenant : les regards curieux des paysans, leurs colloques derrière mon dos et l'attitude fuyante de la Loutre. Que devait-on dire de me voir passer, insouciant et gai ? Ah ! fuir maintenant, aller bien loin cacher ma honte !

— Est-ce vous, mon cher enfant, qui parlez ainsi? De quelle honte s'agit-il? Votre père aurait-il vainement compté sur vous, et est-ce son fils qui vient l'accabler après tant d'années?

— Loin de moi cette pensée, Monsieur le curé. Hier j'aimais mon père sans le connaître, aujourd'hui que je sais tout je le vénère et je l'aime plus encore. Mais si, ignorant le passé, j'ai pu me mêler à cette population et me dévouer pour elle, maintenant que j'ai tout appris, je la hais ; j'ai horreur de tous ces gens qui ont déshonoré mon père ou ont été les complices de tant de perfidie.

— Dieu nous défend de haïr nos semblables, mon cher Olivier. Son Fils a été bafoué et crucifié, et il a pardonné à ses bourreaux. Tous ceux que vous voulez englober dans votre haine ne sont pas coupables. La plupart ont été entraînés par des apparences trompeuses, sans doute, mais ayant les caractères de la véracité. Ils ont eu le tort, connaissant votre père, de s'en laisser imposer par des faussaires. Cependant, leur tort et leur erreur sont compréhensibles. Réfléchissez. Ce n'est pas sur la masse que doit retomber votre mépris : il faut chercher plus haut et travailler à arracher les masques.

— Eh ! que puis-je ? Là où mon père a été vaincu, avec toute sa force et son intelligence d'homme, avec derrière lui son passé d'honneur et de dévouement, que puis-je, moi, avec mon inexpérience et ma faiblesse?

— Mûri par cette salutaire épreuve, vous serez fort de toute votre jeunesse, de tout votre dévouement filial. Ce n'est pas sans raison qu'on vous a laissé dans l'ignorance jusqu'à ce jour. Quand l'oiseau a voltigé quelque temps autour de son nid, il est apte à la lutte pour la vie, et ses parents l'abandonnent. Non alourdi par l'amertume du passé, vous vous êtes envolé dans la vie utile, en donnant de vous tous les trésors d'une nature généreuse, toutes les forces qu'une science bien assimilée et une éducation pieuse avaient accumulées en votre âme. On vous connaît, on vous aime.... Ne protestez pas. Depuis seize ans, les esprits se sont calmés, les cerveaux ont réfléchi. On vous aime, et j'en ai la preuve dans le respect qui a fermé la bouche à tous. Jamais une parole blessante n'a effleuré vos oreilles. Eût-on agi de même si on n'eût pas eu pour vous un certain attachement et si l'on n'avait pas eu des doutes sur les manœuvres auxquelles votre père a succombé? Croyez-moi, Olivier, vous êtes prêt pour la lutte. Le terrain est déblayé devant vous, et c'est à votre ignorance du passé que vous devez tous ces avantages. Ne croyez pas cependant qu'il ne vous reste rien à faire. Il vous reste.... tout. Vous êtes dans le champ clos, vous êtes armé chevalier; vous n'avez plus qu'à combattre. Les spectateurs ne vous aideront guère, mais ils admireront votre victoire avec enthousiasme.

L'âme tout entière du vénérable pasteur avait passé dans ces paroles, dont l'accent grave et pénétrant avait une chaleur communicative. L'entretien dura encore longtemps, puis le fils réconforté alla vers sa mère pour parler de celui qui n'était plus, mais dont le souvenir, plus que jamais, planait sur Beauchamp.

Il est inutile de dire que la nuit qui suivit ces heures pénibles fut pour Olivier une nuit sans sommeil.

Il revoyait son père luttant contre d'implacables adversaires et succombant sous d'indignes coups. Il le voyait de retour à Beauchamp, terrassé par l'idée de son honneur perdu.... Il essayait de deviner quelles avaient été les réflexions et quels pourraient être les conseils de ce mourant qui n'avait pas voulu se survivre et avait placé en son jeune fils tout l'espoir d'une lointaine revanche.

Cet enfant était maintenant un homme, cet enfant venait de souffrir cruellement et était encore tout pénétré des souffrances paternelles. Se déroberait-il à la tâche que le père avait marquée du doigt? Non, non. Il se jurait à lui-même que l'honneur des Quentin reprendrait tout son éclat et que, dût-il y consacrer sa vie entière, il effacerait les éclaboussures dont on avait voulu le souiller.

V

INCERTITUDES

Le lendemain, l'étonnement des gens de Lachapelle fut extrême de voir Olivier se diriger tranquillement vers l'hospice.

Après la scène de la veille que tout le monde connaissait, on ne s'attendait pas à le revoir dans ces parages. Son intention n'était pas cependant de pénétrer dans cet établissement : il venait simplement y prendre le Dr Barjon. Celui-ci parut sur la porte au même moment. Olivier prit son bras.

— Je vous accompagne jusqu'à votre domicile, lui dit-il.

Bien que Barjon eût l'intention de continuer sa tournée de visites, il suivit l'impulsion de son jeune confrère, ne sachant trop quelle contenance tenir. Lui, le vieux sceptique, l'indifférent, se sentait embarrassé. Il comprenait bien qu'une explication allait avoir lieu, mais il la redoutait presque maintenant et il en était ému d'avance.

A peine entré dans le cabinet du vieux praticien, Olivier se planta devant lui :

— Que pensez-vous de moi ?

La question était nette, mais à quoi tendait-elle ? Barjon hésita un peu, puis :

— Que pense-t-on de quelqu'un qu'on estime ? Précisez votre idée.

— Quelle opinion vous êtes-vous faite de moi avant ce jour, étant donné tout ce que vous savez sur moi et sur ma famille ?

Cette précision rendit toute son aisance au vieux docteur.

— Je vous prenais, répondit-il, pour un excellent confrère, doublé d'un jeune homme un peu....

— Achevez.

— Un peu naïf ou bien très fort.

— Ah ! Expliquez-vous !

— Oui, un peu naïf s'il voulait paraître ne rien savoir, ou très fort s'il ne voulait rien savoir.

— Et vers quelle opinion penchiez-vous ?

— Cela dépendait des jours. Vous me déroutiez constamment.

— Merci de votre franchise. Je vais faire cesser votre incertitude. Je n'étais ni celui qui voulait paraître ignorant ni celui qui ne voulait rien savoir. J'étais tout simplement celui qui ne sait rien.

Barjon regarda le jeune homme en face, croyant qu'il se jouait de lui. Mais Olivier :

— Je parle sérieusement. Quelque incroyable que cela soit, il en était ainsi. Trop jeune à la mort de mon père pour me rendre compte des événements, j'ai été laissé plus tard dans la plus complète ignorance. Si, une fois, j'ai entendu des paroles bizarres dans la bouche de la Loutre, un soir que je l'avais empêché d'aller cuver son vin dans l'autre monde, ces paroles m'ont à peine troublé. Il a fallu la scène d'hier, à l'hospice, votre attitude embarrassée, celle des religieuses, pour m'ouvrir les yeux sur un passé que ma mère m'a enfin dévoilé.

Barjon écoutait sans bien comprendre ces explications. Il désirait depuis longtemps deviner l'énigme qu'était pour lui ce garçon, mais, du diable s'il se fût attendu à une révélation pareille. Sa stupéfaction tint lieu de réponse.

— Cela vous surprend? continua Olivier. Je ne dis que ce qui est, cependant. J'ai eu hier, pour la première fois, l'affreuse révélation de ce passé et de ces machinations infernales qui ont jeté une ombre épaisse sur l'honneur de ma famille. Pourquoi ai-je été laissé dans l'ignorance? Voilà ce que vous vous demandez, et tel a été mon premier cri. Voici la réponse. Mon père a voulu avant de mourir, et ma mère a été la fidèle exécutrice de ce testament moral, que son fils relevât ce nom couvert de boue. Il a voulu que je fusse armé solidement pour lutter contre des adversaires déloyaux et les démasquer. Cette profession médicale, dont je suis si fier, était une de ces armes. Mais pour qu'elle ne se brisât pas dans ma main, ma mère et son dévoué conseiller, le curé de Lachapelle, ont voulu me faire débuter sans le souci et la crainte d'un passé qui m'aurait paralysé. Ils ont voulu que je puisse donner ma mesure vraie et que je me fisse connaître ce que je suis. Voilà pourquoi vous m'avez toujours vu gai et insouciant. Je comprends combien j'ai dû vous paraître un phénomène inexplicable, je saisis maintenant certaines de vos allusions.

— Mon cher ami, dit Barjon, ému malgré lui, en tendant les mains à Olivier, pardonnez-moi. Avant de vous connaître, et dès votre première visite, je vous ai traité en moi-même de fou. Je vous trouvais fou et aussi sans vergogne de venir vous installer ici comme médecin. Je ne vous en donnais pas pour trois mois d'être dégoûté du métier, grâce aux avanies dont je m'attendais à vous voir abreuvé. Mais mon pronostic a été en défaut. On vous a bien un peu regardé de travers, sans que vous vous en doutiez, mais on ne vous a rien dit. Peu à peu, vous avez charmé les gens, vous les avez conquis malgré leurs préventions. Dois-je vous avouer que moi aussi j'ai été conquis ? Ce n'est pas que j'eusse des préventions. Non ; j'ai toujours tenu votre père pour un honnête homme, et je connais trop ses adversaires. Mais j'ai été conquis, malgré mon vieux scepticisme, par votre jeunesse, par votre franchise d'allures, par votre valeur personnelle.

— Que je vous dise merci pour mon père et pour moi, mon cher confrère. C'est parce que je soupçonnais cette sympathie que je suis accouru à vous dès ce matin. Depuis hier, je ne suis plus le même homme, et cependant je dois paraître demain ce que j'étais hier. En aurai-je le courage?

— C'est pourtant de toute nécessité si vous voulez donner suite à vos projets, conseilla gravement Barjon.

Puis, après un moment de silence :

— Alors, c'est le curé qui a manigancé tout ça? Savez-vous que c'est bien joué! Il a du bon, le bonhomme! Ah! ces curés! Si quelque jour nos chemins se rencontrent, il faudra que je lui en fasse mon compliment.

Olivier ne put s'empêcher de sourire à ce cri du cœur de l'excellent homme, qui continua :

— C'est entendu, vous faites un beau départ, comme on dit sur les hippodromes, mais arriverez-vous au poteau?

— C'est le secret de l'avenir. Mais je dois à mon père, je me dois à moi-même de tenter l'impossible. J'aurai souvent recours à votre expérience et à vos souvenirs, si vous le permettez.

— Je vous suis tout acquis, jeune homme. Disposez entièrement de moi.

— Merci. Comme première indication, pouvez-vous me dire quel est cet homme recueilli à l'hospice? On le dit étranger à la commune, et il est cependant au courant de ces événements.

— J'ignore absolument qui il est. On l'a ramassé sans connaissance, et il n'a pu encore dire son nom. Je ne crois pas que vous puissiez espérer grand'chose de ce côté. Les malheureux errants qui vont partout, sans jamais se fixer, apprennent et colportent tout ce qui se passe. Celui-ci, dans son délire, a été frappé par votre nom que j'avais prononcé, et cela a produit dans son cerveau un déclanchement d'idées qui a fait dévier son délire. Voilà ce qui a dû se passer. Si j'apprends autre chose, croyez que vous serez le premier informé.

— Encore une fois, merci.

Sur ces paroles, Olivier prit congé de son confrère. Mais celui-ci le rappela.

— Attendez-moi, je vais avec vous. Après la scène d'hier, que tout le monde connaît, il n'est pas mauvais qu'on nous voie ensemble, autant que possible. Cela ne vous sera pas inutile.

— Vous êtes bon, répondit le jeune homme. Accompagnez-moi donc jusqu'au presbytère. Vous me laisserez à la porte.

Ils partirent de concert, mais, en arrivant au coin de la place, Barjon eut une idée soudaine et quitta Olivier.

— Excusez-moi, je ne vais pas plus loin.

Et, après avoir serré cordialement la main de son compagnon, il se dirigea vers le bureau de tabac.

Le buraliste Sicard avait vu arriver de loin les deux docteurs et avait été témoin de leur séparation. Il salua respectueusement Barjon et, tout en lui présentant une boîte de cigares, il lui posa cette question d'un air indifférent :

— C'est-il ses adieux que M. Quentin était venu vous faire ?

— Nous y voilà, se dit en lui-même le vieux praticien. Je m'en doutais.

Sans se presser, il répondit :

— On se dit adieu tous les jours, pour se retrouver le lendemain.

— Ce n'est pas ce que je voulais dire, Monsieur le docteur. Plusieurs personnes ont répété ce matin, dans mon bureau, que M. Quentin quittait le pays, que depuis longtemps il cherchait une situation ailleurs.

— On vous a dit cela et vous le répétez.

— Il faut bien dire quelque chose.

— Sans doute, mais trop parler nuit.

— Ce n'est pas pour lui porter tort, croyez bien. Je ne le connais guère, mais on dit que c'est un bon jeune homme. Dommage que.....

— Je vous comprends, Sicard. Vous le plaignez. Eh bien ! rassurez-vous : M. Quentin vous restera. Il n'a jamais eu l'idée de partir. A l'instant même, il vient encore de me promettre de s'occuper de ma clientèle pendant un petit voyage que je veux faire. Au revoir, Sicard. Répétez cela aussi : il faut bien dire quelque chose.

Barjon sortit en grognant dans sa barbe :

— Gare à mon pauvre confrère ! On a lancé Sicard : c'est la lutte qui commence. Comment pourrais-je lui venir en aide ?

Sicard, tout décontenancé, avait laissé partir le docteur sans lui répondre. Il réfléchit un moment, puis, appelant sa femme pour servir un client, il se précipita chez Perrier pour lui raconter l'incident.

— Laisse faire, lui répondit le maire. Laisse parler le vieux. Quand il nous embêtera trop, nous tomberons sur lui comme sur le jeune. Continue.

Pendant ce temps, Olivier avait poursuivi sa marche vers le presbytère. La veille au soir, l'abbé Boran, en quittant Beauchamp, avait conseillé à Mme Quentin de laisser son fils à ses réflexions, lui disant d'avoir confiance dans son intelligence, dans son énergie et dans son cœur. La pauvre mère avait compris la justesse de ce calcul quand, le matin, les traits tirés par une nuit sans sommeil, mais avec, dans les yeux, une brûlante énergie, Olivier était venu lui annoncer son intention d'aller voir le Dr Barjon. C'est sous ses yeux qu'il avait été initié à son triste passé, c'est par lui qu'il voulait commencer sa marche en avant.

Malgré les airs sceptiques et les paroles volontiers gouailleuses du vieux praticien, Olivier avait cru sentir dans ses manières une sympathie naissante à son égard. Ses conseils et son appui pouvaient être précieux.

Nous avons vu quelle avait été cette entrevue. Barjon, pris par cette situation tragique, avait promis bien sincèrement tout son concours au jeune homme. Il avait cru cependant devoir lui montrer les difficultés presque insurmontables de sa tâche. De son côté, Olivier ne se les était pas dissimulées. Aussi quitta-t-il son confrère avec la satisfaction d'avoir trouvé auprès de lui tout ce qu'il en espérait.

Au presbytère, où il se présenta, on le reçut à bras ouverts. Après avoir remercié le bon curé de son affectueuse interven-

tion de la veille, il le pria de l'aider à mettre de l'ordre dans
le tumulte d'idées qui s'agitaient en lui. En même temps,
il lui raconta son entrevue avec son confrère.

— J'approuve cette première démarche, mon cher ami. Le
Dʳ Barjon est bien un mécréant qu'on ne voit jamais à l'église,
mais je le crois loyal et sincère. Son concours pourra vous
être utile.

— C'est bien ce que j'avais pensé. Je suis content de lui
avoir témoigné tout le cas que je faisais de ses conseils. J'aurai
bien besoin des siens et des vôtres. Je n'arrive pas à me reconnaître dans ce chaos. Ma pauvre tête est en ébullition.

— Mon cher Olivier, un homme de science comme vous doit
savoir mettre de la méthode dans ses idées et dans ses actes.
Déjà vous avez bien débuté, c'est donc que vous aviez réfléchi
et raisonné votre démarche de tout à l'heure. Il en sera de
même à l'avenir. Laissez pour le moment votre cœur de côté.
Il a eu sa part hier. C'est lui qui a créé en vous ce tumulte
dont vous croyez ne pouvoir sortir, c'est lui qui vous a fait
sentir l'outrage fait au nom des Quentin et qui vous a dicté
la généreuse résolution sur laquelle avait compté votre père.
Mais à partir d'aujourd'hui il ne doit plus être au premier
rang. Ce n'est pas à moi à vous dire que le médecin appelé
auprès d'un blessé ne s'occupe ni de ses cris ni de ses gémis-
sements, qu'il n'entend même pas. Tout à sa tâche de soula-
gement, il examine froidement le cas et fait agir sa raison
et sa volonté.

— Monsieur le curé, avec vous, on est toujours sûr de ne
pas s'égarer. Vous ramenez les brebis au bercail, au propre
et au figuré.

— N'est-ce pas mon rôle dans ce monde?

— Et vous le remplissez avec un tact, une intelligence et
un cœur dont je ne saurais trop vous remercier.

— Nous nous égarons, mon enfant. Parlons plutôt de vous
et exposez-moi vos idées.

— Que puis-je vous dire? Je m'agite encore dans le vague.
Pour le moment, je ne comprends et je ne vois qu'une chose,
c'est que je dois renfermer en moi-même l'angoisse qui
m'étreint, que je dois tout d'abord me vaincre moi-même
et continuer à paraître ce que j'étais hier, jeune, gai, plein
d'entrain. Il faudra que je continue à consoler mes malades,

à les faire rire, comme hier, et cependant l'inquiétude habitera mon cœur. Je verrai des ennemis partout et je devrai sourire. Je.....

Le pasteur interrompit d'un geste.

— Voilà que vous vous égarez encore. Vous serez demain l'homme qu'on a toujours connu : c'est une affaire décidée. Vous avez commencé la conquête du public, il faut l'achever. La sympathie générale à laquelle vous devez aspirer sera votre meilleure arme.

— Vous me parlez comme le vieux Barjon.

— Il ne peut y avoir deux manières différentes d'apprécier la situation. C'est donc un point acquis, mais ce n'est qu'un point de départ. Que pensez-vous tenter plus directement?

— Depuis hier, je suis obsédé par cette constatation que, malgré tous les mensonges et toutes les calomnies de ses adversaires, mon père, par la seule force de sa droiture et de son passé d'honnêteté, en serait venu à bout sans cette lettre, sans cet infâme papier contre lequel il n'a pu que protester d'une façon si poignante. Qu'est devenu ce papier, cette photographie? L'a-t-on publiée? Puis-je m'en procurer une reproduction ou voir l'original? Peut-être est-elle déposée aux archives de la mairie ?

— Non. Ce papier a été vu par tous les conseillers le jour de la fameuse séance, mais depuis il a disparu, c'est-à-dire que Perrier l'a prudemment repris. Depuis il en refuse énergiquement la communication. Quelques fidèles amis de votre père ont cherché à le voir pour trouver la clé du mystère, mais sans succès.

— C'est donc vers cette photographie que doivent tendre tous mes efforts. Comment en approcher? Ne dois-je compter que sur le hasard?

— Dites plutôt sur la Providence. Je vois déjà sa main dans toute cette affaire. C'est elle qui vous a conduit heureusement jusqu'à ce jour et vous a fait trouver grâce devant le public. Du courage donc, mais ne vous dissimulez pas que la lutte va seulement commencer. Je ne sais pourquoi ceux qui ont renversé votre père ont paru vous négliger jusqu'à ce jour. Il n'en sera certainement plus de même à l'avenir.

— Je les méprise trop pour reculer devant eux.

— Que le bon Dieu vous donne du courage !

Cette première journée où Olivier avait reçu de si précieuses marques de sympathie et entendu les conseils de la sagesse s'acheva pour lui dans le repos près de sa mère. Il s'était accordé cette journée de relâche avant de reprendre son labeur habituel. La transition avait été trop brusque. Il sentait le besoin de s'adapter, dans le repos et le silence, à cette nécessité indispensable de paraître le même aux yeux de ses clients.

Là était pour le moment le plus pénible de sa tâche. Il avait pu jusqu'à ce jour ne pas voir et ne pas comprendre certains gestes, certains mots, certaines attitudes. Pourrait-il maintenant plier sa volonté à ne rien voir et à ne rien entendre ? Aurait-il l'énergie nécessaire pour être toujours lui-même, semblable à sa personnalité de la veille?

Jusqu'à ce jour, personne n'avait osé ou daigné lui jeter ouvertement le passé à la face. En serait-il de même de l'avenir? La première pierre du mur qui surplombe est lente à se détacher, mais elle est immédiatement suivie de plusieurs autres, puis d'une avalanche. La trève venait d'être rompue par le fait d'un malade sans responsabilité ; cela pouvait suffire pour encourager ceux qui guettaient dans l'ombre le moment favorable. Il faudrait faire face là aussi.

S'il n'eût eu pour le soutenir dans cette crise la chaude sympathie du vieux Barjon, la tutelle paternelle de l'abbé Boran et surtout le devoir filial de calmer l'anxiété de sa mère, il se fût peut-être laissé aller au découragement.

Il ne peut reculer cependant. Il doit agir ou fuir. La fuite serait la condamnation définitive de son père et la mort de sa mère.

Cela, jamais! Il luttera donc.

Puisqu'il en est au recueillement avant le combat, à la veillée des armes et qu'il a fait son examen de conscience, il doit aussi établir son plan de bataille.

Il s'est jeté dans l'action dès le matin, par ses visites au D' Barjon et à l'abbé Boran, mais sans idée bien arrêtée, uniquement pour chercher des sympathies, un appui moral plutôt qu'un appui matériel. Il a bien vu avec ces deux sages conseillers que les difficultés sont grandes ; cependant, le sceptique Barjon lui-même ne lui a pas déconseillé la lutte. En causant avec l'abbé, il s'est bien rendu compte que le vrai but à atteindre, c'est la possession de ce faux que Perrier garde jalousement pour se prémunir contre tout retour offensif. Il ne faut pas compter cependant attaquer directement cette position. Il faut plutôt la tourner, la forcer à se découvrir. Mais comment?

— Trouver des témoins!

Pourquoi faire? Ceux qui ont vu la photographie, son père lui-même, ont dû baisser la tête. La question du faux, certes, ne saurait faire de doute pour le fils, comme elle n'en a pas fait pour quelques fidèles. Mais pour la masse il faut prouver.

Où trouver des preuves? Il doit exister des complices, car Perrier est incapable d'avoir seul conçu et exécuté ce plan. Autour de lui, quel est l'intellectuel responsable de l'invention et de l'exécution? Jarbel? Non, bien qu'il soit un arriviste. Déjà secrétaire de la mairie avec M. Quentin, il avait toujours été correct avec lui, bien que refrénant par nécessité des tendances avancées. L'avènement de Perrier et l'influence prise sur lui avaient fait apparaître sa véritable personnalité. Mais s'il était très capable de seconder et de pousser en avant un maire de la trempe de Perrier, il ne paraissait pas être homme à avoir osé une pareille infamie.

De quel côté chercher, alors?

A force de creuser la question, Olivier pensa que peut-être il pourrait trouver des renseignements dans les papiers de l'usine électrique. Il savait que la Société avait protesté à l'époque. Peut-être avait-elle basé sa protestation sur des preuves convaincantes?

Olivier s'étonna de n'y avoir pas songé plus tôt. Il tressaillit soudain. Il lui sembla qu'une lueur pointait légèrement dans cette masse de ténèbres dont il était environné.

VI

DÉBOIRES

Pendant les quelques jours qui suivirent, Olivier fut empêché de donner suite à son projet de recherches du côté de l'usine électrique. Il dut faire face à un surcroît de travail occasionné par le mauvais temps.

Cette coïncidence lui fut très utile. Il n'eut pas le loisir de s'attarder à des rêveries pénibles, et, d'autre part, obligé de se multiplier, il eut une excuse toute naturelle pour éviter les visites prolongées, où la conversation dévie souvent. Il put ainsi s'aguerrir et reprendre peu à peu son équilibre.

S'il était devenu conscient et malheureux d'un passé qu'il avait été le seul à ignorer jusqu'à ce jour, il put se rendre compte que le changement produit était en lui seul et que pour ses clients il n'y avait pas de situation nouvelle.

Au hasard d'une tournée, il rencontra le Dr Barjon, qui, exhibant un numéro du journal *la Lutte sociale*, lui dit :

— Si je ne vous avais pas rencontré, j'aurais poussé jusqu'à Beauchamp, ce soir, pour vous communiquer cette feuille, que vous ne lisez pas, certainement.

— Que dit-elle?

— Peu de choses, mais c'est rempli de bave. Ecoutez :

Nous apprenons qu'un des médecins de Lachapelle est sur le point de déménager. Des raisons de famille très sérieuses l'obligent à chercher une situation ailleurs.

— C'est du plus pur Perrier, habillé par Jarbel. Qu'en pensez-vous?

— Que c'est bien venimeux, en effet. Ils n'attendent même pas que je leur demande des comptes.

— Ce n'est pas leur attaque, reprit Barjon, qui m'étonne le plus, c'est le retard qu'ils ont apporté à la dessiner. Enfin vous voilà prévenu. Ils tirent les premiers, ne vous en laissez pas imposer. Répondez du tac au tac. Sur ce terrain-là, vous n'aurez aucune peine à être plus fort qu'eux. Ceci dit, passons à une autre question. Quand je vous ai quitté, un peu brusquement, l'autre jour, je suis entré chez Sicard. C'est là qu'il faut aller s'approvisionner de cigares et de nouvelles. Il excelle à vendre les uns et à débiter les autres. Il n'est pas le fabricant de ses marchandises, mais il en est le bon courtier. Donc, avec mes cigares, Sicard m'a servi le dernier canard de la mairie, et c'était justement votre prochain départ. J'ai reçu comme je devais sa petite histoire, et je lui ai annoncé, par-dessus le marché, que non-seulement vous ne partiez pas, mais encore que vous alliez me remplacer pendant quinze jours, le mois prochain.

— Comment, vous vous absentez?

— Cela vous étonne, moi qui ne vais pas deux fois par an à Valfleury, notre coquette sous-préfecture? Il en est ainsi cependant. Vous acceptez, n'est-ce pas?

L'œil gris du vieux praticien fouillait, rieur, les yeux noirs d'Olivier, lui suggestionnant sa réponse. Celui-ci comprit.

— Que vous êtes bon, lui répondit-il en prenant sa main. Je vois maintenant le motif de votre absence. Vous avez improvisé un argument à Sicard et vous ne voulez pas avoir menti.

— Pas tant d'histoires, que diable! Vous acceptez, oui ou non?

— Ce sera oui, mais je ne sais comment vous remercier.

— En soignant bien mes malades. N'épargnez pas vos visites, prodiguez-les. Qu'on vous voie partout et souvent. Je ne sais quel philosophe, dans l'antiquité, prouvait le mouvement en marchant. Vous, prouvez que vous ne partez pas en vous multipliant.

— Je n'aurai garde d'y manquer, puisque ce sera ma façon de répondre à leurs insinuations.

— N'oubliez pas quand même une bonne petite tartine aux journaux. Cela ne fait pas grand'chose, mais ça amuse la galerie. Ayez les rieurs pour vous.

Olivier quitta son confrère, plus ému par cette marque spontanée de sympathie agissante que troublé par les quelques lignes du journal. Grâce à Barjon, du reste, ce bruit allait faire long feu.

Le conseil que celui-ci venait de lui donner sous une forme humoristique était bon à suivre. L'entrefilet anonyme appelait une réponse. Il résolut de l'envoyer, moins pour démentir que pour faire comprendre à ceux qui laissaient percer le bout de l'oreille qu'il ne craignait pas la lutte.

C'est pourquoi, le lendemain, les habitants de Lachapelle purent lire dans la *Bonne Nouvelle* :

On nous écrit de Lachapelle :

Malgré les insinuations probablement intéressées dont un de nos confrères s'est fait l'écho, il est inexact que le jeune docteur Q... ait jamais songé à quitter Lachapelle. Toutes ses traditions de famille lui font un devoir de ne pas s'éloigner d'une population qui l'a accueilli avec tant de sympathie.

L'opinion publique fut étrangement agitée pendant quelques jours. Certains avaient souligné l'attaque, d'autres applaudirent la riposte. Le docteur en perçut l'écho dans ses courses.

Préparé à la lutte comme il l'était, il put, sans témoigner d'irritation ni de trouble, faire face de la manière la plus naturelle aux questions parfois captieuses qui lui étaient posées.

Malgré la contrainte qu'il devait s'imposer tout le long du jour, et justement parce qu'il avait été maître de lui, il rentrait satisfait de lui-même. Les soirées étaient alors bien douces auprès de sa mère. S'il y régnait toujours un peu de mélancolie, Olivier s'efforçait de les égayer par ses saillies, et souvent la mère se surprenait à sourire en entendant son fils raconter quelque anecdote bizarre ou retracer une scène burlesque de sa vie médicale.

Ces petits moments de relâche au coin du feu n'étaient pas inutiles à Olivier. Loin de tout regard indiscret, il se retrempait ainsi dans sa jeunesse exubérante et prenait sa revanche des tracas et des ennuis du jour.

Ce ne fut qu'au bout de quinze grands jours qu'il put enfin se rendre à l'usine. L'ingénieur-directeur le reçut très cordialement. Ce n'était pas le même qu'à l'époque où M. Amédée Quentin était... peu de temps après les événements que nous savons, il comprit à demi-mot ce que désirait le jeune homme.

— Je suis tout à votre service, lui dit-il. Malgré que la Société n'ait pas été touchée matériellement par la calomnie, elle en a trop vivement senti l'insulte pour ne pas protester. Vous savez qu'elle l'a fait immédiatement et avec énergie.

— Oui, je sais, reprit Olivier, mais j'ignore les termes de cette protestation. Etait-ce une protestation banale, une négation pure et simple, ou bien l'avait-on étayée de preuves?

— Quelles preuves pouvait-on fournir? Nous pouvions nier toute négociation louche, nous pouvions affirmer qu'aucune lettre de cette nature, eût jamais été entre nos mains, nous ne pouvions en donner la preuve.

— Evidemment, Monsieur le directeur. Mais n'avez-vous pas trouvé, après coup, quelque lettre de tiers ou d'anonyme qui aurait pu vous mettre sur la voie d'un faux, car cette photographie ne peut être que la reproduction d'un faux.

— Nous n'avons aucun doute à cet égard, Monsieur le docteur. Nous savons pertinemment quels ont été nos pourparlers avec Monsieur votre père, dont la ténacité à défendre les intérêts de sa commune a souvent donné des tracas à mon prédécesseur. Nous pouvons en donner la preuve par les lettres que nous possédons. Mais ceci ne constitue malheureusement pas un argument irréfutable. On peut toujours arguer que toute cette paperasserie n'est là qu'un trompe-l'œil et que M. le maire et la Société avaient pris leurs précautions à l'avance.

— Pourriez-vous me montrer les lettres de mon père, s'il n'y a pas d'indiscrétion de ma part ?

— Du tout, il n'y a pas de secrets dans nos archives.

Le directeur conduisit Olivier dans les bureaux et lui fit mettre sous les yeux une dizaine de lettres.

Ce ne fut pas sans une bien vive émotion qu'il reconnut l'écriture de son père. Son amour filial, plutôt que le désir de retrouver des indications, lui en fit parcourir quelques-unes. Toutes avaient trait, naturellement, aux intérêts communaux et montraient bien, ainsi que l'avait dit le directeur, la peine que M. Arsène s'était donnée pour sauvegarder les droits de sa commune.

Sur chacune de ces lettres, Olivier remarqua un cachet bleu, portant l'empreinte de la Société, avec l'indication « Archives ». Cela lui remit en mémoire que la photographie de Perrier reproduisait cette marque.

— Comment expliquez-vous cette coïncidence? demanda-t-il au directeur.

— Il est difficile de l'expliquer. Mais, pour tout homme de bonne foi, cette empreinte est la preuve même du faux. Toutes les lettres, toutes les pièces d'une certaine importance sont versées dans nos archives et revêtues de ce cachet. Il y aurait eu naïveté de notre part à conserver une lettre pareille, si réellement nous l'avions reçue, et surtout à l'authentiquer en y appliquant notre sceau.

— C'est une preuve, en effet, mais une preuve par l'absurde, ce qui est insuffisant pour le public. Ce détail n'indiquerait-il pas que ce faux a été commis ici?

— Vous dites? interrompit vivement le directeur.

— Je dis que le faux a pu être commis ici. Oh! je n'incrimine pas la Société. Rassurez-vous. Il faut une mentalité particulière et un intérêt quelconque pour s'abaisser à ce point. N'avez-vous eu aucun soupçon, jadis, vis-à-vis de vos employés?

— Notre personnel de bureau était assez restreint : un comptable et un dessinateur. Aucun d'eux n'a éveillé de soupçons.

Le comptable est mort chez nous, il y a environ cinq ans. Quant au dessinateur, il nous a quittés un ou deux mois après les événements.

— Pour quel motif?

— Il était question de supprimer l'emploi, les travaux étant sur le point de se terminer. Alors il a cherché ailleurs, et n'a pas attendu d'être remercié.

— C'est assez singulier, car je constate que vous avez toujours un dessinateur.

— Votre observation est très juste. Après quelques mois, un an peut-être de suppression, notre industrie première ayant donné naissance à plusieurs industries annexes qui sont en pleine prospérité, nous avons dû rétablir l'emploi.

— Vous avez réponse à tout. Quel genre d'homme était-ce que ce dessinateur?

— Il me serait difficile de préciser, ne l'ayant pas connu. Il a laissé le souvenir d'un dessinateur incomparable, un peu bohême, par exemple, et joueur.

— Mauvaise recommandation que celle-là.

— C'est vrai, mais il a toujours fait un excellent service, paraît-il. Du reste, complètement étranger au pays, je ne vois pas quel intérêt il aurait pu avoir à s'immiscer dans des affaires de ce genre.

Olivier ne pouvait plus rien objecter et n'avait plus rien à apprendre. Il remercia l'ingénieur et prit congé de lui. En se retournant pour gagner la sortie, ses yeux se portèrent sur une photographie représentant un groupe de personnes placé sur le bord d'une rivière, avec, au second plan, et dans le lit de la rivière, un chantier animé. La précision et la netteté des détails retinrent son attention quelques secondes.

— Vous ne reconnaissez pas les bords de la Banne? fit l'ingénieur, qui avait surpris ce regard. C'est tout simplement notre barrage en construction, à quinze cents mètres d'ici. Dans ce groupe se trouve mon prédécesseur.

— Ce n'est pas le paysage qui m'avait frappé, mais plutôt le fini du travail. Il n'est pas d'un amateur?

— Si, ou d'un demi-professionnel, si l'on veut. Cette photographie a été prise par M. Renaudot, le dessinateur dont je vous ai parlé. Il relevait souvent pour la Société des modèles de machines et avait fini par acquérir une jolie force.

L'incident était clos. Olivier prit congé définitivement.

Cette visite, dont il espérait beaucoup, ne lui avait, somme toute, rien appris. Il avait eu la preuve de la conscience que mettait son père à remplir les devoirs de sa fonction : en avait-il besoin ? Le moindre indice concernant le faux eût mieux fait son affaire. Il avait eu un moment la pensée que la disparition de ce Renaudot, le dessinateur, pouvait avoir des relations avec l'objet de ses préoccupations, mais les réponses de l'ingénieur avaient éloigné ses soupçons. Il revenait donc bredouille.

Ce premier espoir qui avait lui à ses yeux s'éteignait soudain, et voilà qu'il ne savait plus où diriger ses pas. Faudra-t-il donc attendre du hasard, et en se croisant les bras, la piste qui le mettra sur la trace des coupables ?

La trouvera-t-il même jamais, cette piste ? Après quinze ans, que de signes, que de témoignages ont disparu !

Ses réflexions étaient donc assez noires quand il rentra à Beauchamp et raconta ses démarches vaines à sa mère. Mme Quentin, moins désappointée peut-être que son fils, n'en fut pas moins désagréablement impressionnée. Mais, accoutumée au malheur de longue date, elle sut se contenir et s'efforça de dissiper les angoisses d'Olivier. Elle lui montra que le résultat de sa démarche était à prévoir. Il était naturel, certes, de l'avoir faite, comme il était naturel aussi de penser que la Compagnie, qui avait eu intérêt à faire son enquête pour sauvegarder sa loyauté, n'eût pas manqué d'en faire connaître le résultat s'il eût apporté un éclaircissement.

— Tu ne vas pas te décourager à la première déconvenue, mon pauvre enfant. Tu sais d'avance que la tâche que nous avons entreprise est ardue et que nous pouvons échouer, c'est-à-dire ne pas arriver à démasquer les faussaires. Mais ce n'est là qu'un des côtés de notre devoir. Si tu ne peux pas venger le passé, tu dois faire refleurir le bon renom des Quentin et prouver qu'un tel fils ne pouvait avoir pour père un prévaricateur.

— Il me sera bien difficile, maman, de remonter le courant si je n'apporte pas une preuve bien nette, bien évidente de l'innocence de mon père. J'arriverai peut-être à me faire accepter, moi, mais cela ne sera pas suffisant pour effacer le passé.

— Allons, Olivier, oublie ce premier mécompte qui te fait mal augurer de l'avenir. S'il y a quinze ans que j'attends, songe qu'il y a à peine quinze jours que les événements t'ont tracé une vie nouvelle.

Cet argument eut un effet merveilleux sur le jeune homme, qui répondit en riant :

— Tu as raison, maman, toujours raison. Je suis comme l'enfant qui a cru prendre la lune à pleines mains et qui pleure parce qu'il en a perdu le rayonnement en agitant l'eau.

Olivier s'arracha donc à ses idées noires et continua avec le même entrain son travail de chaque jour. L'esprit tendu vers l'objet de ses préoccupations constantes, il scrutait d'un œil plus clairvoyant l'attitude et les gestes du public. Il constatait avec plaisir que beaucoup de ses clients paraissaient plus affables, plus confiants. Par contre, il se butait parfois à une hostilité marquée.

Les bruits que l'on avait fait courir, les mots d'ordre clandestins et les deux entrefilets de journaux avaient produit leur effet sur ceux que leur tempérament porte à se manifester ouvertement. La sympathie ou l'antipathie à l'égard du jeune docteur ne dépendrait bientôt plus de sa valeur et de ses qualités personnelles. Ce serait plutôt une question de courant.

Ce fait se produit toujours quand une question locale irritante vient tirer le public de son train-train journalier. C'est l'éternel conflit où le pour et le contre ne résultent pas seulement de la manière loyale d'envisager choses et gens, mais aussi et surtout des querelles et des haines locales. Si Olivier en bénéficiait quelquefois, il était appelé aussi à en pâtir.

Ces deux courants commençaient à s'établir dans la commune de Lachapelle avant même toute hostilité ouverte.

Rien de particulièrement marquant ne se produisit cependant dans les semaines qui suivit. Seule la question du départ continuait à s'agiter avec une sorte de mot d'ordre de commande.

Un soir que les hôtes de Beauchamp achevaient de dîner, Léontine vint annoncer le Dr Bàrjon. Celui-ci n'était jamais venu chez Mme Quentin. Que pouvait signifier cette démarche ?

— Faites entrer ici, sans cérémonie, dit aussitôt la maîtresse de maison.

— M. Barjon fait dire qu'il n'est pas pressé et qu'il attendra la fin du dîner.

Olivier, sur un signe de sa mère, se leva pour aller chercher son confrère. Celui-ci se fit un peu prier, craignant d'être indiscret, puis finalement suivit le jeune homme, qui le présenta à sa mère.

— Madame, dit Barjon en s'inclinant, veuillez excuser cette visite un peu tardive et le dérangement que j'occasionne.

— Vous n'avez pas à vous excuser, docteur. Vous serez toujours le bienvenu, quelle que soit l'heure à laquelle vous vous présenterez. Les bontés que vous avez pour mon fils vous ouvrent toutes grandes les portes de cette maison.

— Je suis réellement confus, Madame, de vos paroles trop bienveillantes. Permettez-moi de vous dire que c'est avec une grande satisfaction que je saisis l'occasion de cette visite pour vous témoigner ma respectueuse sympathie et vous dire que les événements passés n'ont rien enlevé à l'estime que j'avais pour votre famille. Si je ne vous en ai pas, jusqu'à ce jour, manifesté l'expression, accusez-en mon égoïsme de vieux célibataire....

Olivier crut devoir venir en aide au docteur, qui menaçait de s'embourber dans ces longues phrases qui sortaient tout à fait de sa manière.

— Mon cher confrère, lui dit-il, faites trêve à vos *mea culpa* et acceptez un verre de cognac. Ce n'est que du *Beauchamp*, mais il a vingt-cinq ans. Vous l'apprécierez.

— Je le connais de réputation, fit Barjon souriant. J'accepte avec plaisir.

— Hélas! dit Mme Quentin, il y a bien longtemps qu'aucun étranger ne l'a dégusté. Mon isolement....

— Maman, interrompit Olivier, n'ennuyons pas le docteur avec nos malheurs. Prie-le plutôt d'allumer un cigare; je vois qu'il en grille d'envie.

Le brave docteur se fit à peine prier et sortit avec satisfaction un cigare de son étui, tandis qu'Olivier roulait une cigarette.

Après avoir trempé ses lèvres dans son verre, Barjon se tourna vers Mme Quentin.

— Madame, lui dit-il, ma démarche de ce soir va un peu vous priver de votre fils. Je viens le charger de mon travail pour quinze jours environ.

Olivier ne donna pas à sa mère le temps de répondre.

— Alors vous persistez dans votre idée ?

— Plus que jamais.

— Est-ce toujours nécessaire? C'est un gros sacrifice que vous vous imposez. Je sais combien vous tenez à vos habitudes, et il vous sera dur de les quitter sans motif.

— Sans motif! Mais j'en ai plusieurs.

— Je n'en connais qu'un, et c'est le seul. Ne cherchez pas à en inventer d'autres. Du reste, c'est inutile maintenant de jouer cette comédie : nous n'arriverons pas à convaincre ceux qui ne veulent pas l'être.

— Taisez-vous. Si on ne peut pas les convaincre, on les obligera à vous voir de près et à l'œuvre. Et puis on m'attend à Paris. J'ai un mien neveu qui m'envoie lettres sur lettres.

— C'est-à-dire, reprit Olivier, que vous avez cherché où vous pourriez bien aller pour me laisser le champ libre. Vous avez fini par dénicher un neveu et par vous faire inviter.

— Voyons, mon cher Olivier — vous permettez, Madame, que je l'appelle ainsi? — pas tant d'histoires. Vous m'avez promis de me remplacer. Donc, peu vous importe mon neveu ou le reste. Tenez parole.

— C'est ça, mettez-vous en colère pour faire une bonne action. Je n'insiste plus et je dis oui... Encore une goutte de cognac?

— Merci. Un verre de cognac, un cigare, c'est ma famille, ce sont mes enfants, le soir. C'est ma seule compagnie, mais je n'en abuse pas. Un bon livre termine ma veillée. Après les fatigues et les tracas de la journée, je jouis ainsi de ma solitude et de mon repos.

— Et c'est le moment où vous méditez vos bonnes actions du lendemain, intervint Mme Quentin.

— Dites, Madame, que mon égoïsme me fait parfois chercher des distractions.

— Je n'en crois rien, docteur. Ne cherchez pas à cacher votre cœur, il est trop visible.

— Du diable si je m'en serais douté !

La réplique n'était pas sortie de ses lèvres qu'il s'excusa de son incorrection. Puis, profitant de l'hilarité qu'elle avait provoquée, il se leva pour prendre congé.

— Alors, c'est entendu, mon cher confrère. Je pars après-demain. Je vous enverrai la liste de mes malades en traitement et je donnerai des ordres pour qu'on vous adresse les nouveaux. Au revoir!

— Bon voyage!

— Ah! j'oubliais. Vous vous rappelez notre bonhomme de l'hospice. Malgré sa fièvre, son délire, son alcoolisme, malgré tout, il est guéri. Il est sorti hier. Quand on lui a demandé son nom, il a hésité, puis a déclaré se nommer Rousseau, ce qui ne doit pas être vrai. Quant à son pays, on n'a pas pu comprendre ce qu'il bredouillait.

— Où a-t-il été en quittant l'hospice?

— Son paquet de guenilles à la main, il a, paraît-il, erré un peu dans les rues de Lachapelle, puis, ayant avisé une auberge, celle de Perrier, il est entré boire, sans doute les quelques sous que Sœur Sainte-Marie lui avait donnés. Quand il est sorti, il s'est dirigé vers la campagne et on ne l'a plus revu.

— Alors, rien à espérer de ce côté?

— Rien. Je vous l'avais bien dit.

VII

LA LUTTE S'ENGAGE

Le Dr Barjon avait été bien renseigné quand il avait dit à Olivier que l'inconnu de l'hospice, ou Rousseau, si on aime mieux, était entré à l'auberge Perrier. Mais ce qu'on n'avait pu lui raconter, c'étaient les incidents qui s'étaient produits à l'auberge. Rousseau n'y était pas entré pour dépenser son petit pécule.

Il avait demandé à parler à M. le maire en particulier. Sans observations, Perrier, qui n'était pas pressé, avait conduit l'inconnu dans une pièce retirée qui pouvait à la rigueur représenter son bureau de commerçant et son cabinet de maire.

Dès que la porte fut refermée, l'inconnu tendit la main à Perrier en disant :

— Alors, on ne reconnaît pas ses amis?

Perrier eut un soubresaut.

— Qui êtes-vous?

— Regardez-moi bien. Je n'ai pas engraissé comme vous : la misère, les ennuis.....

— Et la bouteille aussi, ajouta Perrier, qui commençait à trouver la scène ridicule.

— La bouteille aussi, si vous voulez. Vous n'en étiez pas ennemi, vous non plus, autrefois.

— De quand parlez-vous?

— Remontez à quinze ou seize ans.

Le maire tressaillit et vivement planta ses yeux dans ceux de l'inconnu.

— Mais qui êtes-vous donc?

La date indiquée et quelques vagues souvenirs de physionomie lui rafraîchirent la mémoire. Il murmura :

— Renaudot !

— Ah! Enfin! fit l'inconnu. La mémoire vous revient.

— Excusez-moi, le temps, les changements du visage.... Et puis je vous croyais parti à tout jamais.

— Cela veut dire que vous ne comptiez plus me revoir?

— Enfin, que voulez-vous? dit vivement Perrier sans répondre à la question.

— Vous voir d'abord, vous serrer la main ensuite, et puis causer un peu du passé.

— C'est que je n'ai pas le temps aujourd'hui, fit Perrier en retirant la main. Je....

— J'attendrai à demain, je ne suis pas pressé. Vous aurez bien un lit pour me faire coucher. Cela me fera plaisir de me retrouver dans cette maison. On fait toujours la partie, le soir?

— Allons, pas tant d'histoires. Au fond, que voulez-vous? Pourquoi êtes-vous revenu?

— Je vous l'ai dit.

— Pour causer, oui ; c'est fait maintenant. Voulez-vous que je vous offre un verre, puis vous partirez? Je n'ai pas le temps.

— J'accepte le petite verre, pour commencer.

— Comment, pour commencer?

— Oui. Je suis dans la misère, moi. Je suis à peine guéri d'une sale maladie. En attendant de trouver du travail, j'ai pensé qu'un ami ne me refuserait pas le vivre et le couvert.

Perrier, à bout d'arguments, se demandait s'il devait se fâcher ou s'incliner. La colère grondait en lui contre cet homme qui venait le narguer, mais qu'il n'osait mettre brutalement à la porte. Se retenant encore, il répondit :

— Voyons, Renaudot, je vous ai payé ce qui était convenu, donc nous sommes quittes. On va vous servir à dîner, si vous voulez, puis vous partirez.

— Où voulez-vous que j'aille? Je n'ai rien à espérer ailleurs. Je reste ici.

— Tonnerre! fit Perrier.

Et il leva la main.

— Je sais que tu es plus fort que moi, reprit l'homme froidement et en tutoyant son adversaire, plus fort de la poigne et de la langue. Pour ce qui est du cerveau, c'est autre chose. Eh! Eh! On a eu besoin du père Renaudot, dans le temps. L'avons-nous joliment roulé, M. Arsène! Etait-ce assez réussi, cette lettre?

— C'est bon, c'est bon, n'en parlons plus. Tout cela est passé. Encore un coup, je t'ai payé. Suffit.

Et Perrier, tutoyant à son tour, esquissa un geste de départ.

— Oui, tu m'as payé le passé, mais le présent?

— Le présent?

— Oui, le présent. Tu es toujours maire, n'est-ce pas? Voilà seize ans que, grâce à moi, tu es le premier magistrat de ta commune et que tes affaires en profitent. Cela aussi doit se payer.

— Canaille!

— Oui, si tu veux; je n'y mets pas d'amour-propre. Rappelle-toi seulement que nous sommes compères, je pourrais dire complices.

Perrier, tremblant de rage, ne savait comment se débarrasser de l'homme qui le tenait en son pouvoir et l'étreignait à la gorge plus fortement qu'avec des griffes de fer. Il avait beau se creuser la cervelle, aucune idée n'en sortait. Il était pris, bien pris. Il chercha à gagner du temps.

— Allons, fit-il radouci, ne fais pas le méchant. Nous allons casser la croûte. C'est vrai que tu es un malin et que tu m'as rendu un rude service.

Ne voulant pas être vu en compagnie si suspecte, Perrier alla lui-même chercher une bouteille de vin, du pain et du fromage.

— Installe-toi, c'est pour attendre le dîner.

— Je savais bien, fit l'homme en coupant une grosse tranche de pain, que tu étais un vrai copain. M. le maire a bien fait le *fiérot* en commençant, mais ça n'a pas duré. A la tienne!

Perrier tendit son verre sans enthousiasme. La conversation continua intermittente : l'homme mangeait et buvait, l'aubergiste réfléchissait. Ils étaient attablés depuis environ dix minutes quand on vint chercher M. le maire. Les gendarmes le demandaient pour une signature.

— Les gendarmes! Ah! diable! fit Renaudot. Tu ne vas pas les faire entrer ici?

— Pourquoi pas ? C'est ici mon cabinet.

— Ah ! zut, pas de ça ! Tu peux bien signer leur sale papier dans la grande salle !

— Qu'est-ce que ça te fait?

— Ça me fait..... Ça me fait..... Que je ne veux pas revenir à la boîte. On a eu des malheurs..... Condamné à la boîte.... Pas de papiers..... Tu comprends, enfin!

— Oh! très bien, dit Perrier, en l'esprit de qui une idée venait de surgir. Ne crains rien, je vais les expédier.

Tout en donnant sa signature, M. le maire vit tout le parti qu'il pouvait tirer de la confidence faite un peu naïvement par Renaudot sous l'influence de la peur.

— Ah ! tu as peur des gendarmes, mon gaillard ; attends, tu vas être servi.

Revenu près de son complice :

— Encore un verre, tiens ; finis la bouteille.

— Il n'est pas mauvais, fit l'autre en s'essuyant la bouche avec sa manche.

— Tu as fini maintenant?

— Oui.

— Eh bien ! va-t'en.

— Hein, tu dis?

— Va-t'en! Allons, plus vite que ça ; on t'a assez vu!

— Qu'est-ce qui te prend?

— Il me prend que si dans un quart d'heure tu n'es pas sorti de Lachapelle, les gendarmes te mettront la main au collet. Je viens de leur dire de se tenir à ma disposition. Ce sera vite fait si tu tardes à déguerpir.

— Canaille! Traître! Faux frère!

— Cause toujours, mais va-t'en.

— Et si je te dénonce?

— Il n'y a pas de danger. Qui a fait le faux? Toi. Tu me

l'as vendu! Et après? J'étais de bonne foi, moi. Je croyais la lettre vraie. Prouve le contraire.

Ahuri, Renaudot ne sut que répondre. Perrier en profita pour le prendre au collet et le mettre à la porte.

— Qu'on ne te voie plus, ou gare aux gendarmes!

— S.....! Je me vengerai!

Cette scène avait passé inaperçue, aucun client ne se trouvant là. Mais l'émotion de Perrier fut longtemps à se calmer, même après avoir vu Renaudot se diriger délibérément vers la campagne.

Quand il se sentit revenu à son état normal, il envoya chercher Jarbel. L'incident qui venait de se produire avait ravivé ses inquiétudes au sujet du Dr Quentin. Il venait bien de se débarrasser d'un complice gênant, mais pour combien de temps? Il fallait arrêter le jeune médecin dans sa carrière, ce à quoi il n'avait guère réussi jusqu'à ce jour.

À vrai dire, il n'y avait pas eu lutte ouverte encore. C'était peut-être là le tort qu'il avait eu, de ne pas lui tomber dessus tout de suite. Sans cet animal de Jarbel, il l'aurait fait. Qu'est-ce qui lui avait pris, à celui-là, de temporiser? Et tous ces imbéciles, Sicard et autres, qui avaient opiné du bonnet!

Il en était là de ses réflexions quand Jarbel entra.

— Bonjour, Monsieur le maire. Qu'y a-t-il pour votre service?

— Il y a qu'avec vos conseils vous me mettez dans de beaux draps.

— Une feuille de rose vous aura empêché de dormir? fit pompeusement l'instituteur, qui savait son histoire.

Perrier ne comprit pas, mais il vit l'air narquois de son secrétaire.

— Riez bien, lui dit-il. Avec tout ça qu'il se fiche de vous et de moi, le fils à papa.

— Vous voilà donc à la question, Monsieur le maire. Ça marche cependant, il me semble, de ce côté.

— Vous vous contentez de peu, vous.

— Que vous faut-il de plus? C'est vrai qu'on a mis un peu de temps à lui nommer son père. Mais maintenant que c'est commencé et que le mot d'ordre est donné, il faudra bien qu'il finisse par voir l'hostilité de la population et qu'il s'en aille.

— Oui, et en attendant il se fait des clients qui deviennent ses amis, dit-on.

— Oh! Si peu!

— Si peu? Et ce vieil âne de Barjon qui lui laisse sa clientèle à soigner pour je ne sais combien de temps.

— D'où sortez-vous ça?

— Il y a quelques jours que je suis prévenu.

— Voilà un vieux bonhomme que vous ferez bien de tenir à l'œil. Ce doit être un coup monté.

— Ça m'en a tout l'air. Que faire contre ça? Je ne peux pas empêcher ces deux vétérinaires de s'entendre.

— Calmez-vous, Monsieur le maire, et respectez vos électeurs. Avec de la réflexion, on trouve toujours quelque chose. Laissez-moi allumer ma pipe. Vous verrez que dans son nuage odoriférant je trouverai une idée.

— Je paye un verre en même temps, fit Perrier, plein de confiance.

— L'idée sera encore meilleure, Monsieur le maire.

Jarbel avait trouvé un moyen plaisant de faire ses réflexions sans en avoir l'air. Au fond, il se sentait mal à l'aise. Perrier n'avait pas tort d'être mécontent. Leur plan de campagne, qui était surtout le sien, n'avait pas fait merveille. Ils avaient trop compté sans leur hôte, et voici que Barjon se jetait définitivement dans la lutte. Sans y paraître beaucoup, il avait du poids, l'animal. Les petites gens l'aimaient, et, s'il avait voulu s'en donner la peine la dernière fois, la mairie aurait pu changer de titulaire.

Mais qu'allait-il chercher? C'est vrai que Barjon pouvait les gêner en travaillant pour son propre compte; en serait-il de même en travaillant pour son confrère, le fils du vendu? C'est sur ce dernier qu'il faut taper. Comment?

La pipe de Jarbel, semblable à un volcan, inondait de fumée tout le cabinet de M. le maire, entretenant un nuage opaque entre les deux interlocuteurs. Soudain la voix du secrétaire tonna:

— Eureka!

— Plaît-il? fit Perrier.

— Eureka, vous dis-je, j'ai trouvé. Archimède demandait un levier pour soulever le monde, moi je vous demande simplement votre signature pour disqualifier le Dr Quentin.

— Parlez plus clairement, Jarbel, si vous voulez qu'on vous comprenne.

— C'est bien simple. Vous allez prendre un arrêté interdisant à M. Quentin de pénétrer dans l'hospice, établissement communal. En même temps, vous priez M. le préfet de la Haute-Banne de désigner un autre médecin pour soigner les malades de l'Assistance médicale gratuite, en l'absence du vieux Barjon (1). Rien ne vous empêchera de faire courir le bruit que vous avez pris ces mesures contre le docteur à cause de l'indignité du père et aussi parce qu'il n'est pas républicain (2). Ce sont des choses qu'on ne peut écrire, mais qui peuvent se colporter. Vous verrez comme ça prendra. Le Barjon en fumera son cigare par le gros bout, et, s'il n'est pas content, vous le ferez casser comme médecin de l'Assistance.

— Oui, c'est bien trouvé, votre machine, mais si elle nous claque dans les mains.

— Chaque chose en son temps, Monsieur le maire. Nous verrons à trouver mieux.

Si cette idée n'avait pas le mérite de la nouveauté, ayant déjà été utilisée dans d'autres communes, elle était bonne néanmoins. Jarbel était un homme précieux.

Olivier, chargé d'un double service, était sur les dents. Il paraissait à peine à Beauchamp au moment des repas. On le voyait partout, et partout il laissait l'impression d'un médecin bon, dévoué et capable. Il lui arrivait bien parfois de deviner une grimace sur la figure des gens qui le voyaient apparaître aux lieu et place de Barjon, mais il avait acquis déjà une telle force sur lui-même, que ses manières n'en étaient pas moins affables. Son confrère avait calculé juste : ce remplacement lui procurait bien des sympathies nouvelles.

Quand parut l'arrêté du maire concernant l'hospice, suivi le lendemain de celui du préfet concernant l'Assistance, il eut un moment de stupeur. Personne ne s'en aperçut cependant. Soutenu par l'idée de son devoir, il se raidit et continua l'exercice de son ministère avec le même zèle et la même sérénité.

Si ces mesures administratives n'eurent sur lui aucun effet

(1-2) Ceci n'est pas inventé à plaisir. Des faits semblables se sont produits.

apparent, il n'en fut pas de même dans le public. Le retentissement fut énorme, non pas tant à cause des mesures en elles-mêmes qu'à cause des commentaires qu'elles firent naître et qui furent suggérés par les fidèles de la mairie. Rien ne vaut, en effet, la calomnie, cette bonne petite calomnie qui fait doucement son chemin, passe un temps inaperçue et finit par éclater et blesser.

Pour beaucoup, la valeur d'un homme dépend de l'estampille officielle. Olivier, refusé par l'administration, devint immédiatement suspect à toute une partie de la population. Cette partie était bien celle où il n'avait jamais trouvé beaucoup de sympathie, mais ce ne fut plus de l'indifférence, ce fut de l'hostilité ouverte. Tout le clan Perrier donna comme un seul homme.

C'est pourquoi le subterfuge imaginé par le Dʳ Barjon pour faire apprécier les brillantes qualités du Dʳ Quentin n'eut pas le plein succès que ses débuts avaient fait espérer.

Perrier avait paré le coup et arrêté net l'élan qui se dessinait vers le jeune homme.

Ce fut une période bien pénible pour Olivier. Il s'efforça de n'en rien laisser paraître, même à sa mère. Tout le jour il s'étudiait à garder la figure souriante, mais le soir, retiré dans sa chambre, il avait des crises de désespoir. Sa mémoire lui retraçait les avanies qu'il avait endurées dans ses tournées. Tantôt c'étaient des enfants qui, excités par les parents, chantaient des couplets offensants pour son père ; tantôt c'étaient des hommes et des femmes causant entre eux et criant assez fort, sur son passage, quelque allusion insultante, sans faire semblant de le voir et de le viser. Il eût mieux aimé que l'injure lui fût jetée à la face, bien franchement. Il se serait soulagé au moins à répondre, à discuter, à crier son indignation. Mais c'était toujours et partout l'acte anonyme, lâche, qui éclabousse et ne permet pas la riposte.

Malgré sa fatigue, le sommeil le fuyait. S'il cherchait l'oubli dans un livre, les lignes dansaient devant ses yeux, vides de sens. Il n'osait céder au besoin de marcher qui semble être de l'action et amène le calme, car sa mère eût pu comprendre qu'il ne dormait pas et s'en alarmer. Brisé, anéanti, il finissait enfin par s'endormir. Sa jeunesse lui valait, malgré tout, un sommeil réparateur. Au matin il repartait, ayant retrouvé dans ce court repos l'énergie nécessaire pour reprendre sa tâche.

Un soir que, accoudé à sa fenêtre, il ruminait ses déboires en fumant avec rage cigarettes sur cigarettes, il aperçut une vive lueur sur Lachapelle, et presque en même temps le son du tocsin arriva jusqu'à lui.

— Le feu, se dit-il.

Et il se précipita au dehors, oubliant sa fatigue et ses ennuis pour courir au danger.

Léontine n'était pas encore couchée ; il la chargea de prévenir sa mère et partit au pas gymnastique pour Lachapelle.

C'était bien un incendie qui venait de se déclarer dans le centre du bourg, au beau milieu d'un pâté de vieilles maisons. Comme il se produit en pareil cas à la campagne, le feu, favorisé par la vétusté des immeubles, avait fait des ravages considérables avant que les secours eussent été organisés. Quand Olivier arriva, une foule grouillante criait et s'agitait sans rien faire.

Le maire, dont la maison faisait face à l'incendie, mais de l'autre côté de la rue, assez large à cet endroit, se préoccupait de ses intérêts et non de ceux des sinistrés. Les bonnes volontés étaient paralysées par l'encombrement et l'absence de toute organisation.

L'abbé Boran, et son vicaire, l'abbé Jouvence, se trouvaient là, désireux de se dévouer, mais empêchés. Olivier les rejoignit. Un groupe se forma autour d'eux, demandant des indications pour agir. Aidé des gendarmes qui s'étaient rapprochés, le jeune homme eut vite organisé une chaîne à laquelle vinrent rapidement s'ajouter les curieux de bonne volonté.

Dès qu'il vit que tout commençait à bien fonctionner, le docteur fit signe à l'abbé Jouvence, et tous deux se précipitèrent vers une maison que le feu était sur le point d'envahir. Des charpentiers et des couvreurs travaillaient à démolir une partie de la toiture pour enlever tout aliment à la flamme. Olivier et l'abbé arrivaient à point pour les encourager et leur prêter main-forte, au besoin. Mais ils comprirent vite que ces hommes de métier étaient plus compétents qu'eux-mêmes et suffisaient à la besogne. Il valait mieux aider au déménagement des pauvres locataires, peu ou pas assurés. Robustes et ayant gardé tout leur sang-froid, ils firent en un quart d'heure le travail que les intéressés affolés n'auraient pas effectué en une heure de temps. La maison vidée de tous les meubles transportables, Olivier et l'abbé organisèrent rapidement une dérivation à la chaîne principale pour envoyer l'eau aux couvreurs, qui étaient serrés de près par le feu. Il était grand temps que ce secours arrivât et il fallut activer toutes les énergies.

Le public, tout d'abord peu maniable et plus disposé aux commentaires qu'à l'action, avait fini par suivre l'exemple que lui donnaient ces deux jeunes gens qu'on voyait toujours occupés, l'œil à tout, encourageant et travaillant.

Ils ne firent pas d'action d'éclat, ils ne risquèrent pas leur vie, ils n'eurent à sauver des flammes ni femmes paralysées ni enfants affolés, mais ils firent tout leur devoir et le firent faire aux autres.

Grâce à la régularisation des efforts de tous, qui fut leur œuvre, le feu, attaqué avec méthode, fut complètement arrêté en un minimum de temps. Le désastre était néanmoins sérieux : quatre maisons complètement réduites en cendres et deux autres fortement entamées.

Si l'abbé Jouvence et Olivier ne racontèrent pas leurs prouesses, on en parla pour eux. Leur attitude et leur sang-froid avaient été très remarqués. Les gens que n'aveuglait pas la passion anticléricale louèrent leur rôle, ainsi que celui du vieux curé, que son âge avait éloigné des postes fatigants, mais qui s'était dépensé sans compter partout ailleurs. On mettait surtout leur conduite en parallèle avec celle du maire.

Cette aventure fut des plus utiles à Olivier. C'était la première fois qu'on l'avait vu mêlé à la foule, agissant en face de tous. Ses manières simples, son entrain, ses ripostes vives, sa force physique, très appréciée à la campagne, tout cela avait frappé les spectateurs. Beaucoup durent s'avouer à eux-mêmes que c'était là vraiment un homme et qu'il savait se dévouer. D'autres, à sa place, seraient restés à Beauchamp, ou bien, venus par curiosité, se seraient contentés de regarder. Lui n'avait pas hésité devant la fatigue et n'avait pas eu peur de se salir les mains pour déménager de pauvres hardes ou des meubles vermoulus.

Les commentaires du public, dont l'écho parvint jusqu'à

lui, atténuèrent un peu ses soucis journaliers. Ils furent aussi
un encouragement à poursuivre sa tâche et à ne pas dévier de
la ligne de conduite qu'il avait adoptée.

Quand le D' Barjon, rentré de Paris, vint le remercier, il
le trouva amaigri, mais toujours résolu. Une ombre de mélancolie teintait cependant ses yeux.

— Mon cher Olivier, lui dit affectueusement le brave homme,
en voulant vous rendre service, j'ai été cause d'un gros ennui
pour vous. Ils vous ont attaqué brutalement et blessé, je vois
ça dans vos yeux. Ne désespérez pas cependant. En vous frap-
pant, ils vous désignent et ils vous forcent à affirmer votre
personnalité ; ils font votre jeu. Quant à moi, qui me sens
touché aussi en votre personne, je lie partie avec vous. Le
vieux Barjon est encore capable de les embêter.

Olivier, pour toute réponse, serra avec émotion les mains
de son confrère.

<h2 style="text-align:center">VIII</h2>

<h3 style="text-align:center">DIPLOMATIE</h3>

A la mort de sa femme, le baron de la Garde s'était empressé,
par goût et un peu par nécessité, de reprendre cette vie au
grand air et de plaisirs champêtres qui avait été la sienne
avant son mariage.

Excellent cavalier, joyeux convive, assez
homme du monde, ayant des goûts rustiques, M. de la Garde
possédait tous ces signes extérieurs qui caractérisent volontiers
les descendants des anciennes familles. Le côté moral et intellectuel de sa personnalité était moins brillant. Non pas qu'il
ne fût d'une honnêteté parfaite et d'une très grande loyauté
en affaires, mais ces qualités étaient amoindries par une assez
forte dose d'égoïsme et de fierté qui le rendait peu abordable
et partant peu sociable.

Aimant la campagne, très entendu à la culture, s'occupant
personnellement et continuellement de ses nombreuses exploi-
tations, il s'était fait l'âme paysanne. C'était un bien pour le
genre d'existence qu'il s'était créé, mais c'était aussi un travers
pour sa situation.

Malgré son vernis mondain, il était d'intelligence peu
cultivée. Il ne cherchait pas à meubler son esprit de connais-

sances générales. Les lectures, et encore les lectures frivoles, n'étaient pour lui qu'un moyen de s'endormir. A toute occupation littéraire ou artistique il préférait une course à cheval, ou un cigare, ou même des conversations avec ses ouvriers. Aussi, les jours de pluie, était-il l'être ennuyé et ennuyeux par excellence.

Cette mentalité particulière l'avait poussé à toutes sortes de travaux agricoles. Il lui fallait une occupation constante, la surveillance de ses fermiers ou métayers ne lui suffisait pas. Sa dernière entreprise, assez grosse celle-là, était l'établissement d'un étang. Possédant, à une certaine distance du château, trois ou quatre hectares de terres marécageuses, de rapport à peu près nul, il avait eu l'idée de les transformer en étang. L'opération n'était pas mauvaise en elle-même, mais demandait du temps et de l'argent. M. de la Garde, ne regardant ni à ceci ni à cela, s'était mis à cette tâche depuis plusieurs mois. Ç'avait été une bonne aubaine pour les ouvriers du voisinage et tous les chercheurs de travail ambulants. Le métier de remueur de terre ne demandant pas d'aptitudes spéciales, les ouvriers avaient abondé, et le baron était pleinement satisfait de se voir au milieu d'un chantier en pleine activité, se remuant, criant, donnant des ordres.

Vaguement royaliste par tradition, il ne voulait rien savoir de la mêlée des opinions et des événements contemporains.

Ses pratiques religieuses étaient à l'unisson de son attitude politique. Il allait à la messe chaque dimanche, quand le moindre prétexte ne venait pas entraver cette corvée traditionnelle. Il faisait visite à son curé une fois l'an et le recevait volontiers à sa table : la tradition le voulait ainsi.

Au demeurant, il eût été un homme aimable et même sympathique s'il l'avait bien voulu, ou quand il consentait à s'évader de sa mentalité habituelle.

Nulle personne n'aidait mieux à cette transformation que sa fille, Mlle Geneviève. Après son veuvage, M. de la Garde avait reporté toute son affection sur la mignonne fillette de dix ans qui promettait de lui rappeler la beauté de sa mère. Il l'avait fait instruire sous ses yeux, en plaçant près d'elle une institutrice dévouée. Mlle Belmond avait été pour l'enfant une seconde mère. Elle avait veillé sur la partie matérielle de l'existence de son élève en même temps qu'elle s'attachait à orner son intelligence et son cœur. Le baron lui avait laissé toute latitude, ne reprenant sa fille qu'à certaines heures et à certains jours pour l'entraîner aux exercices physiques : la marche, l'équitation, la voiture, qu'il estimait indispensables même pour une jeune fille.

L'enfant grandissait, guidée par cette double éducation dont son intelligence savait parfaitement s'assimiler les bienfaits. À la jeune fille pieuse, instruite, artiste que formait Mlle Belmond, l'action paternelle ajoutait cet équilibre de santé, cette aisance de mouvements et cette décision d'esprit qui en doublait le charme.

M. de la Garde raffolait de sa fille, et celle-ci avait sur son père une influence dont elle profitait pour arrondir certaines aspérités de caractère et atténuer certains travers.

Mlle Geneviève était devenue peu à peu la providence du personnel de ses domaines et de tout le voisinage. Nous l'avons déjà vue en fonctions et nous savons que le D' Quentin avait été étonné de ses connaissances spéciales et de son habileté. Son instruction en ces matières était l'œuvre du D' Barjon.

Le vieux docteur était le médecin et le commensal du château depuis de longues années. En face de l'indifférence politique et de l'égoïsme du baron, il ne détestait pas d'étaler des sentiments semblables. Mais ce qui chez l'un était un défaut de l'esprit n'était chez l'autre qu'une apparence, une attitude dans laquelle il affectait de se carrer.

Esprit cultivé, le docteur, qui voyait de près les plus vilains côtés de l'humanité et en était écœuré, avait cherché, pour s'en isoler, à se faire une personnalité de commande, un brin originale, aimant à railler et narguant au besoin les bons sentiments. Nous savons cependant que le cœur n'était pas mort chez lui. Il était donc parfois, malgré sa très grande loyauté, l'homme à deux faces, et cette dualité ne se montrait jamais mieux qu'au château de la Tourotte.

Sceptique avec le père, il redevenait avec la fille l'être bon et sensible qu'il était en réalité. Il avait vu grandir cette fillette, l'avait soignée dès son plus jeune âge et s'était attachée à elle, désireux inconsciemment d'aider à sa formation intellectuelle et sociale autant qu'à sa formation physique. Ce blasé des misères humaines avait amené progressivement la fille de l'égoïste baron à voir de près les tristesses du petit peuple. Il venait la prendre quand son ministère l'appelait dans le voisinage du château; il l'introduisait dans les chaumières, la faisait assister à sa consultation, lui expliquant sommairement les maladies et lui apprenant les règles générales de l'hygiène. Il se faisait son habile démonstrateur dans la technique des pansements et des premiers soins à donner dans les cas d'urgence. Grâce à lui, elle avait ajouté à son bagage intellectuel, artistique et mondain, ce qui lui manquait peut-être [pour devenir] la châtelaine accomplie, secourable à tous, armée pour [remplir] utilement son rôle social.

Aussi Mlle de la Garde était-elle très aimée dans toute la région. On pardonnait beaucoup au père en considération de la fille.

L'arrivée [illegible] du Dr Quentin, sa visite au château n'avaient guère retenu l'attention du baron. Quant aux bruits qui commençaient à se répandre à ce sujet, aux polémiques qui agitaient déjà les esprits, de tout cela il n'avait cure. Le Dr Barjon avait bien essayé quelquefois de lui en [illegible] deux mots à l'oreille, mais sans succès. Auprès de Mlle de la Garde il avait trouvé une attention plus soutenue. Celle-ci, que nous avons vu défendre le jeune homme contre son père, en avait gardé une très bonne opinion, laquelle s'était encore accrue quand elle l'avait vu dans [illegible]. [Elle s'in]téressa fortement à son œuvre quand Barjon lui eut dévoilé la situation extraordinaire dans laquelle le Dr Quentin s'était trouvé en arrivant à [Beauchamp], son ignorance, la révélation du passé et les péripéties d'une lutte qui se faisait de [jour en] jour plus active.

Barjon avait cru pouvoir parler sans réticence de tout ce qu'il savait. L'esprit supérieur de la jeune fille lui était un sûr garant qu'elle n'abuserait pas de ces confidences. Le brave docteur, sorti, [illegible], pour tout de bon de son égoïsme [illegible] commande, s'ingéniait à venir en aide à son confrère. [Il faisait] en sa faveur une propagande cardinale, mais à [sa manière], auprès des notables comme auprès des petits. Il avait formé le plan d'utiliser le concours de Mlle de la Garde, sans cependant le lui demander, pour ne pas la mettre dans une situation délicate. Connaissant l'influence de la jeune fille sur tout un coin du pays, sachant combien elle était mêlée à la vie des humbles qui l'entouraient, il voulait qu'elle pût, à l'occasion, placer un mot utile et nécessaire. Pour cela, il avait dû lui faire connaître intimement le jeune homme et lui dévoiler ses secrets.

L'absence qu'il avait improvisée avec tant d'à-propos avait été l'occasion toute naturelle de plusieurs rencontres entre Mlle de la Garde et le D' Quentin, venu au château ou dans les environs pour voir des malades. Avec la retenue que comportaient son âge et sa condition, la jeune fille avait su marquer au docteur toute sa sympathie, ce dont Olivier avait été profondément touché.

Un matin que le baron et sa fille achevaient de déjeuner, le D' Barjon se fit annoncer. Il fut introduit sur-le-champ, en familier de la maison.

— A quelle heure vous présentez-vous, docteur? fit Mlle de la Garde. Vous n'avez certainement pas déjeuné encore!

— Vous dites vrai, ma chère demoiselle. Serais-je indiscret de vous demander l'hospitalité? Une course urgente m'a conduit dans vos parages à une heure impossible, et je ne me suis pas senti le courage de retarder davantage mon déjeuner; mais je vois que j'arrive trop tard.

— Ne vous en mettez point en peine, mon bon docteur. Ce sera de l'improvisation, mais vous déjeunerez quand même.

— Une bonne idée que vous avez eue là, intervint à son tour le baron, qui voyait arriver la pluie et n'était pas fâché de tuer le temps avec un convive sympathique.

Quand le docteur eut apaisé sa faim et qu'on lui eut servi le café, il accepta avec plaisir le cigare que lui tendit son hôte.

— Vous parlerez peut-être un peu maintenant, fit celui-ci. Où avez-vous donc passé ces jours-ci? Il y a bien un mois qu'on ne vous a vu.

— Je viens de Paris où, comme je vous l'avais annoncé, j'ai été voir un mien neveu que....,

— Que vous ne gâtez pas par vos visites, interrompit le baron, car, de mémoire d'homme, on ne vous a vu quitter Lachapelle, même pour quarante-huit heures.

— Aussi le docteur ne nous donne pas la vraie raison de son absence, ajouta Mlle de la Garde. C'est un gros cachotier.

— Pardon, pardon, fit le brave homme, si on n'a plus confiance dans mes paroles, je me retire. Mademoiselle, je vous croyais plus respectueuse de mes cheveux blancs.

— Puisque vous le prenez ainsi, répliqua la jeune fille en souriant, je vais tout dire, tout ce que je sais, c'est-à-dire tout ce que je soupçonne.

— C'est pour le coup que je me sauve!

Et Barjon fit semblant de quitter sa chaise.

— Quand vous aurez fini de parler par énigmes, reprit le baron. Vous savez bien que je n'entends rien aux devinettes.

— Voici ce dont il s'agit, mon père. Notre bon docteur suit le précepte de l'Evangile — cet Evangile qu'il fait semblant d'ignorer, le vilain : — *Que votre main droite ignore ce que donne votre main gauche.* Il s'est mis dans la tête de faire une bonne œuvre, mais il ne veut pas en avoir l'air. Alors il se fâche quand on y fait allusion.

Le baron se retourna vers celui que sa fille venait de nommer le bon docteur. Celui-ci, les yeux au plafond, s'escrimait après son cigare qui n'en pouvait mais.

— Vous faites concurrence au curé? lui dit-il.

— Pas précisément, répondit lentement Barjon, quoique, en réalité, nous collaborions à la même œuvre, chacun à notre manière.

— Oh! Oh! Cela devient intéressant. Comment! un vieux dur à cuire comme vous marche dans les plates-bandes de ce brave abbé Boran? Racontez-moi ça. Nous n'avons rien de mieux à faire présentement que de vous écouter.

— Mais je n'ai rien à dire, ou si peu! Je laisse ce soin, du reste, à ceux qui se croient très renseignés et qui, au fond, ne savent rien.

Et, ce disant, le docteur se tourna d'un air de plaisant défi vers Mlle de la Garde.

— C'est bien, dit-elle, puisque je ne sais rien, j'inventerai. Quand vous en aurez assez, vous m'arrêterez.

Voici la chose, mon père. M. le Dʳ Quentin, à peine ici depuis un an, déjà très apprécié et très digne de l'être, veut démasquer les faussaires qui ont causé la chute et la mort de son père. Ses brillantes qualités, sa valeur professionnelle lui ont acquis de vives sympathies, dont celles de son vilain confrère, que vous voyez là en train de martyriser son cigare. Les sympathies n'étant pas encore assez nombreuses, tandis que les adversaires sont puissants, ce vilain dont je vous parle, ce cachotier, s'est mis en tête de lui donner un sérieux coup d'épaule. Mais comme il a honte de faire le bien, il imagine toutes sortes de subterfuges. Sa dernière invention a été son départ. Laissant le champ libre à son jeune confrère, il lui a ménagé l'occasion d'élargir le cercle de ses relations et de multiplier ses points de contact avec une population qu'il s'agit de conquérir. Ce n'est pas tout. Après comme avant son fallacieux voyage, il s'en va partout clamant, sans qu'il y paraisse, les louanges de son héros. Voici démasqué en peu de mots ce vieil égoïste qui joue mal les tartufes.

— C'est tout ce que vous savez, Mademoiselle? dit Barjon, voyant que le baron ne se hâtait pas de répondre.

— C'est tout ce que je veux dire, du moins. Je ne voudrais pas vous forcer à rougir.

— En vérité, Geneviève, intervint M. de la Garde, qu'as-tu donc contre notre ami? Je crois que tu le mets sur la sellette sans aucun ménagement. Que t'a-t-il donc fait et qu'est-ce que cette histoire?

— La vérité, la pure vérité, mon père. J'en veux à ce sournois parce qu'il enrôle ses auxiliaires sans demander leur consentement et qu'il les fait marcher sans avoir l'air d'y toucher.

— Docteur, défendez-vous, dit le baron. Vous me paraissez en piteuse posture.

— Il ne peut rien dire pour sa défense, reprit Mlle de la Garde. Je veux, du reste, l'accabler ; je veux qu'il crie merci. Et tout d'abord qu'il avoue pourquoi..... il est venu nous demander à déjeuner.

Le baron sursauta. Barjon, la figure épanouie, s'inclina devant son adversaire.

— Je me rends, Mademoiselle. J'ai affaire à trop forte partie. Je suis percé à jour comme une vieille écumoire. J'avoue toutes mes fautes, même le déjeuner. J'espère que vous n'exigerez pas le repentir.

Impatienté, M. de la Garde les regarda l'un et l'autre :

— Me direz-vous enfin quelle comédie vous jouez devant moi?

— Mon père, ne vous fâchez pas. Je me suis donné le malin plaisir de dévoiler le machiavélisme de notre ami, mais en réalité tout cela n'est pas de la comédie. L'histoire que je vous ai racontée est vraie. Si vous étiez moins occupé à vos terrassements, vous seriez au courant comme tout le monde de ce qui se passe dans la commune.

— Ainsi tout cela est vrai, docteur? Vous voilà parti en campagne, prêt à vous battre contre des moulins à vent?

— Il se peut, dit Barjon, que mon jeune confrère ne réussisse pas, mais je comprends son désir et j'approuve cette lutte. On ne peut que le louer hautement de chercher à venger son père. Du coup il débarrasserait la commune de quelques nullités dangereuses.

— Ceux-là ou d'autres! fit le baron en haussant les épaules. Alors votre jeune Don Quichotte est réellement parti en guerre?

— Parti très réellement, plus tôt peut-être qu'il n'aurait fallu, mais ceci n'est pas de sa faute.

— Et vous dites qu'il a des sympathies dans le public?

— Beaucoup. Mlle Geneviève vous a si bien exposé la situation que je n'ai rien à ajouter à son plaidoyer chaleureux, car c'était bien un plaidoyer sincère sous couleur de me démasquer.

— Vous me rappelez, en effet, qu'elle y a mis beaucoup d'ardeur. Est-elle enrôlée, elle aussi? Ce serait complet : Don Quichotte fait penser à Dulcinée.

— Oh! mon père, fit Geneviève en rougissant soudain, je vous en prie!

— Calme-toi, ma fille. Ne faut-il pas que je plaisante, moi aussi? Vous m'en avez assez donné l'exemple tous les deux.

Le D' Barjon jugea utile de couper court à cet incident.

— Mlle Geneviève, dit-il, est enrôlée au même titre que vous. C'est la ligue des honnêtes gens tendant la main à un honnête homme. Il est de notre devoir de lui venir en aide. J'ai compté sur vous, baron.

— Sur moi? Ah! par exemple! Ai-je le temps de m'amuser à vos manigances?

— Cela ne prendra aucun de vos moments précieux. Il s'agit simplement d'asseoir solidement M. Quentin dans la commune, et pour cela il faut que les gens qui ont du poids lui témoignent toute leur sympathie.

— Mais j'en aurai tant que vous voudrez, de la sympathie. Vous n'avez pas besoin de tant de détours pour me demander ça.

Geneviève s'était peu à peu remise de son émotion. Ayant deviné le but du docteur, elle crut le moment venu de venir à son aide.

— Mon père, je crois comprendre notre ami. Il est très heureux de l'assurance que vous venez de lui donner et il ne se fera pas faute de le répéter. Mais cela ne saurait suffire. Il faut la montrer, votre sympathie, il faut l'étaler, il faut que tout le monde la comprenne.

— Bien, bien, arrête-toi et finis-en. Où veux-tu en venir? Que j'aille voir ce jeune homme?

— Peut-être, mon père, mais pas pour le moment. Il suffirait, je pense..... N'est-ce pas, docteur? — et Mlle Geneviève chercha une approbation dans les yeux du vieux praticien, — il suffirait, je pense, que, pour commencer, vous le receviez ici, au château....., et même..... à votre table !

— Y penses-tu, Geneviève? à ma table? Sous quel prétexte?

— Sans prétexte aucun, mon père, par pure sympathie. Si, en outre, il vous faut une bonne raison, vous en avez une qui suffit amplement ; le D' Quentin n'a-t-il pas donné ses soins à quelques-uns de nos gens en l'absence de notre ami? Notre bon docteur, qui s'est invité aujourd'hui sournoisement, nous l'amènerait le plus naturellement du monde. N'est-ce pas, mon père, que vous dites oui? Allons, un petit mot pour..... pour samedi prochain, voulez-vous?

M. de la Garde ne répondit rien, mais, se tournant vers Barjon, demi-fâché, demi-riant :

— Mes félicitations, vous lui avez bien fait la leçon! Vous n'avez pas perdu votre temps! Je vous la revaudrai, celle-là!

— Je n'ai pas eu besoin de faire la leçon à Mlle Geneviève. D'elle-même elle est portée à compatir aux peines physiques et morales.

Et le docteur, ému, se retournant vers la jeune fille :

— Je ne vous remercie pas, Mademoiselle. Je croirais diminuer votre mérite. Je puis vous dire cependant qu'une veuve affligée, qu'une mère tremblante prieront Dieu pour vous.

L'émotion d'Olivier fut très vive quand Barjon vint lui faire part, avant toute invitation officielle, du déjeuner projeté. Il savait qu'aucune personnalité du pays, sauf le curé par tradition et Barjon par ses relations particulières, n'était admise à la table du baron. Aussi se demanda-t-il à quoi il devait attribuer l'honneur qu'on lui faisait. Le sourire malicieux de son confrère lui fit deviner une partie de la vérité.

— Je n'ai plus à vous remercier, lui dit-il, j'aurais trop à faire. Mais ce que vous venez d'obtenir est vraiment précieux.

— N'en parlons pas, répondit Barjon, je fais ça pour faire enrager Perrier.

A ce déjeuner presque imposé par sa fille, le baron fit un peu trêve à sa froideur coutumière envers les étrangers et se montra cordial. La bonhomie spirituelle du vieux docteur fut le lien qui rapprocha les convives. Bien qu'un peu gêné par les souvenirs de sa première visite, Olivier sut paraître, à son avantage, simple, intelligent, plein d'à-propos. Il profita d'un moment où le docteur et le baron avaient entamé une discussion pour remercier Mlle de la Garde du bienveillant appui qu'elle lui avait prêté. Sans ostentation comme sans arrière-pensée, il montra un coin de son âme, et la jeune fille put deviner, à travers ses paroles émues, toutes les douleurs du fils et tous ses espoirs.

Quand les deux docteurs, venus ensemble dans la voiture d'Olivier, voulurent prendre congé, le baron leur demanda de les accompagner jusqu'à Lachapelle.

— Auriez-vous une place à m'offrir? J'ai une démarche à faire auprès du maire pour une déviation du chemin rural, près de mon étang. Je retarde de jour en jour cette corvée. Aujourd'hui, le plaisir de votre compagnie me décide à sauter le pas.

Olivier s'empressa, heureux de cette combinaison :

— Je suis à votre disposition, Monsieur, puisque vous voulez bien me faire l'honneur d'utiliser ma voiture.

— J'irai vous chercher avec le phaéton, mon père, ajouta Mlle de la Garde. Je dois une visite à notre bon curé. Vous me trouverez au presbytère.

Ce fut dans ces conditions qu'Olivier repartit de la Tourotte. Le bruit des relations intimes établies entre Beauchamp et le château ne tarda pas à se répandre, et la sensation en fut profonde dans toute la commune.

Cette circonstance ne pouvait avoir aucune influence sur l'entrevue de M. de la Garde et du maire, puisque ce dernier l'ignorait encore. Elle n'en fut pas moins très orageuse. La colère du baron était à son paroxysme quand il rejoignit sa fille chez l'abbé Boran.

— Comprend-on une brute pareille, criait-il, une brute qui ne veut rien entendre et qui prétend n'avoir pas à obéir aux injonctions des nobles?

— Peut-être l'avez-vous pris d'un peu haut avec lui, mon père, sans le vouloir?

— Mais non, mais non, je m'étais entraîné aux phrases mielleuses. Je lui ai développé le plan que j'avais apporté et je lui ai fait ressortir qu'il n'existait de ce chef aucun inconvénient pour la commune ni aucune dépense, puisque je me chargeais à titre de transaction de tous les frais et travaux nécessaires. Rien..... Rien. Il m'a à peine laissé parler. « Les nobles.... La Révolution..... 93. » Voilà tout ce que j'ai pu en tirer. Comment ai-je pu me retenir de lui planter ma botte quelque part?

— Il n'aurait plus manqué que ça, mon père!

— Pourtant!

— J'en conviens, mais il était dans l'exercice de ses fonctions, M. le maire. Il est le maître du jour.

— Ça, un maître?

— Sans doute, intervint l'abbé Boran, et il vient de vous le montrer. Cet incident, Monsieur le baron, doit vous faire comprendre les inconvénients qui résultent de certaines attitudes politiques, dont.....

— C'est bon, Monsieur le curé, je vous vois venir ; vous achèverez une autre fois..... Partons, Geneviève, le grand air me calmera.

M. de la Garde, dès que sa fille fut installée, sauta vivement en voiture, prit les rênes de ses deux irlandais et se lança au grand trot sur la route du château. Il parla peu, tant sa colère était grande. Il ne se calma qu'à l'arrivée.

— Pardonne-moi, fillette, tu as eu un compagnon bien maussade. Mais cela va mieux maintenant. Dis-moi ce que tu as fait chez le curé en m'attendant.

— J'ai fait une nouvelle connaissance. M. le curé m'a présentée à une dame en deuil qui se trouvait chez lui à mon arrivée et avec qui j'ai causé longuement. Devine son nom?..... C'était Mme Quentin, la mère de notre convive de ce matin.

— C'est donc la journée des Quentin ? Ils se fourrent partout, ces gens-là.

— Je me sauve, mon père, voici que vous reprenez vos mauvais yeux.

IX

L'OFFENSIVE

Entre Olivier et ceux que ses projets, supposés ou avoués, venaient troubler, la lutte devenait très active. Il avait été fort heureux que le jeune homme eût déjà pris racine dans cette population de Lachapelle que ses adversaires s'efforçaient d'ameuter contre lui. Plus rien ne semblait devoir les arrêter, et leur rage croissait en raison des progrès que faisait le docteur dans la sympathie du public.

Le jeune homme en était digne. Il savait être quelqu'un et n'hésitait pas à s'affirmer quand l'occasion se présentait de produire ses idées et ses convictions au grand jour. C'est ainsi qu'il accepta de présider la distribution des prix à l'école libre, malgré que sa modestie lui eût fait tout d'abord décliner l'offre de M. le curé.

Ce fut un événement dans Lachapelle quand la nouvelle se répandit qu'un laïque, qu'un jeune homme du pays allait présider une cérémonie qui semblait être du ressort exclusif du clergé. Les parents accoururent en plus grand nombre, sans compter les simples curieux et aussi les espions qui venaient là par ordre.

Le succès fut grand pour notre jeune docteur. Sans être orateur, il maniait assez bien la parole, s'étant exercé à Paris, dans les conférences d'internat. Du reste, pour plus de précautions, il avait écrit son discours, voulant présenter ses idées sous une forme très concise, et en même temps très claire.

D'une langue harmonieuse, il fit une peinture imagée de l'enfance, montra l'éclosion des premiers instincts viciés par une tare originelle et par les mauvais exemples. Que ceux-ci lui fussent présentés par la famille, quelquefois, ou par des fréquentations fâcheuses, le plus souvent, il n'en ressortait pas moins que l'enfant, comme le jeune animal, avait besoin d'un dressage. Mais ce qui chez l'un porte sur des qualités plutôt physiques doit être chez l'autre une orientation de tout son être vers le beau, le bon et le juste, vers Dieu, en un mot. On ne peut laisser l'enfant, comme le petit animal, dans l'ignorance du bien et du mal. Il faut lui apprendre à écouter sa conscience, et comme, en vertu de la déchéance originelle, il serait facilement sourd, l'enfant doit être astreint à une période d'instruction morale.

Où pourrait-il mieux acquérir cette science de la vie que dans ces écoles libres où l'on se fait gloire de proclamer très haut le nom de Dieu et où les plus fermes doctrines de morale découlent de la connaissance et de l'amour de ce Dieu unique? Il est malheureusement d'autres écoles où l'on méconnaît la base essentielle de la morale, ce qui la rend inexistante, car aucun système philosophique, aucune théorie scientifique ne peut remplacer cette croyance à la divinité que l'on retrouve instinctive chez tous les peuples de la terre.

Il termina cette étude en applaudissant à l'énergie des pères de famille qui savaient comprendre leur devoir et l'accomplir malgré toutes les difficultés et tous les sacrifices.

Sur ces données un peu banales à force d'être répétées, il sut greffer des aperçus originaux, des anecdotes intéressantes, et quand il replia son papier, un murmure des plus flatteurs, bientôt suivi d'applaudissements nourris, vint le récompenser de son acte de foi énergiquement affirmé.

Toutes ses paroles n'avaient peut-être pas été comprises, mais l'obscurité même qui en était résultée pour les cerveaux un peu frustes de ses auditeurs était pour ceux-ci une preuve de plus de la valeur et des hautes connaissances qu'il venait de dévoiler aux yeux de tous. Le public populaire s'émerveille souvent d'autant plus qu'il comprend moins.

Olivier se révéla ainsi sous un aspect nouveau. Ses adversaires eux-mêmes en furent influencés : il devenait quelqu'un.

Il n'y eut pas jusqu'à ses qualités physiques qui ne vinrent lui apporter un surcroît de popularité. Un jour qu'il avait rencontré dans la rue l'abbé Doran, il se laissa entraîner par lui au patronage des jeunes gens.

— Venez voir mes enfants, Olivier, vous jugerez de leur souplesse et de leur entrain. L'abbé Jouvence fait des merveilles.

— Il suit vos exemples, Monsieur le curé.

— Taisez-vous, vous ne savez pas ce que vous dites.

Olivier fut, en effet, frappé de la gaieté et des connaissances gymnastiques de ces gamins, dont l'âge s'échelonnait de douze à seize ans. Il allait se retirer, quand l'abbé Jouvence le pria de visiter la salle d'armes.

— Vous faites des armes ici, Monsieur l'abbé?

— Mais oui, docteur. Le père d'un de nos jeunes gens, forgeron de son métier, mais ancien moniteur de régiment, nous consacre quelques heures tous les jeudis.

— Ceci n'est pas banal. Allons voir vos jeunes ferrailleurs.

Bonneuil, le moniteur, salua du fleuret quand ces messieurs parurent. Sur un signe, il continua la leçon commencée. Olivier put admirer tout à son aise la science du professeur et la bonne tenue de l'élève. La leçon terminée, il félicita sincèrement Bonneuil. Puis il eut une idée subite.

— Avez-vous un masque et un fleuret à ma disposition? Il y a longtemps que je ne suis monté sur la planche, je veux voir si je me suis rouillé.

Ce disant, il mit bas son veston. Des cris de joie accueillirent ses paroles. Olivier se retourna vivement et aperçut tous les enfants rangés derrière lui. Ils étaient entrés à sa suite et s'apprêtaient à jouir d'un spectacle nouveau pour eux.

Le bon curé rayonnait. L'abbé Jouvence s'empressa d'armer notre chevalier.

Bonneuil, tout surpris d'abord, s'amusa de cette fantaisie et, par orgueil professionnel, chercha dans ses souvenirs quelque botte irrésistible. Mais quand il vit le docteur tomber en garde avec une assurance de vieux maître d'armes, il comprit qu'il avait affaire à un amateur de marque. Aussi, dès les premières passes, il se piqua au jeu.

Le silence s'était établi dans les rangs des spectateurs, vivement intéressés, quoique novices. Les froissements du fer, les ripostes vives, les bonds des adversaires arrachaient des marques d'admiration, qui se changèrent bientôt en applaudissements quand Bonneuil, relevant le fer et joignant les pieds en arrière, s'avoua vaincu.

— Sans rancune, lui dit Olivier, en venant vers lui la main tendue. Je vois avec plaisir que je n'ai pas trop oublié, mais vous m'avez ménagé, mon brave Bonneuil.

— Pas du tout, Monsieur le docteur, c'est que je ne suis pas de force.

— Ne croyez pas cela. Vous avez été surpris par mon jeu, voilà tout. Je vous donnerai votre revanche un de ces jeudis, voulez-vous ?

Les enfants firent une ovation à Olivier et s'empressèrent de se répandre dans les rues pour chanter ses prouesses.

Le bruit en parvint jusqu'au D' Barjon.

— Bravo, mon ami, lui dit-il à la première rencontre. Ce n'est pas bête du tout ce que vous avez fait là.

— C'était sans intention.

— Sans intention ou non, ça fait un rude tapage. Savez-vous qu'il sont tout penauds, les matamores, de vous savoir ce petit talent de société ?

— Ils ne supposent pas que je vais les provoquer ?

— Dans tous les cas, laissez-les dans le doute, mon cher ami. N'est-ce pas votre curé qui chante : *Initium sapientiæ timor Domini ?*

— La crainte du Seigneur, oui, mais.....

— Bon, bon, entretenez celle du fer, elle aura plus d'action sur eux. Faites souvent des appels du pied, ils auront la colique.

Si le conseil du brave homme n'était pas très catholique, il avait bien sa valeur. Cependant, ce fut plutôt par plaisir et par hygiène qu'Olivier revint de temps en temps faire assaut avec Donneuil. Le moniteur s'était un peu ressaisi, et, l'amour-propre aidant, il arrivait, lui aussi, à placer de bons coups de boutons sur la poitrine de son partenaire. Il en était très fier, et, à partir de cette époque, Olivier n'eut pas de plus ardent défenseur dans Lachapelle.

Jarbel eut beau faire appel à tout son vocabulaire et sortir toutes les banalités ordinaires : bretteur, traîneur de sabre, spadassin, sabre et goupillon, il n'empêcha pas le public de regarder passer le docteur d'un tout autre œil, tant il est vrai que les marques extérieures du courage qui en imposent aux gredins raffermissent les trembleurs.

Olivier et sa mère sentaient leurs soucis peu à peu disparaître. Ils se reprenaient à espérer que la Providence achèverait son œuvre en leur fournissant les armes définitives qu'ils attendaient.

Barjon, devenu plus assidu à Beauchamp, était pour la pauvre veuve le rayon de soleil qui illumine les journées d'hiver. La parole imagée du vieux praticien, son énergie, sa finesse, son bon cœur lui apportaient le réconfort qui lui avait si longtemps manqué. Il ne cherchait pourtant pas à la leurrer de promesses vaines ou d'espoirs irréalisables. Il ne croyait guère possible de démasquer complètement les faussaires, mais pourquoi n'essayerait-on pas de les vaincre?

Un soir qu'il savourait un verre de cognac, près du feu, dans la salle à manger de Beauchamp, il reprit soudain la parole, après un assez long silence :

— Mon cher ami, vous n'avez jamais rêvé la fortune politique?

Olivier et sa mère tressaillirent douloureusement.

— Vous me parlez politique, à moi? dit le jeune homme, tout pâle.

— C'est bien à vous que je parle. Excusez-moi de l'avoir fait avec brutalité : l'habitude du bistouri, vous savez bien. Mais maintenant que le coup est porté, calmez-vous et écoutez-moi. Dès vos débuts ici, je vous ai soutenu par sympathie, parce que vous m'avez conquis et que je jugeais immérités les malheurs de votre famille. Je vous ai soutenu sans grand espoir, je ne vous le cache pas. Chaque fois que nous entreprenons une cure, nous n'avons pas toujours l'espérance de sauver notre malade. Nous le soignons de notre mieux et…

— Dieu fait le reste, prononça doucement Mme Quentin.

— Et il arrive que souvent il nous trompe, reprit Barjon, qui fit semblant de n'avoir pas entendu. Vous êtes un peu dans ce cas, mon ami. Il y avait en vous des ressources que je ne soupçonnais pas. Vous guérirez, je crois, mais peut-être mal. Un vilain microbe peut rester collé à votre foie ou ailleurs et vous occasionner, certains jours, des douleurs lancinantes. L'état général étant, à l'heure présente, satisfaisant, je vous crois arrivé au point où vous pouvez tenter la cure d'un remède héroïque : présentez-vous aux élections municipales dans trois mois.

Olivier avait vu venir la conclusion de cette fantaisie médicale. Malgré cela, les yeux rivés sur ceux de son confrère, il ne sut que répondre. Il se retourna vers sa mère : celle-ci, les yeux baissés, semblait prier.

— J'ai un succès fou, rumina le pauvre Barjon. Creusez-vous donc la cervelle pour rendre service.

Philosophiquement il ralluma son cigare éteint.

Mme Quentin releva enfin les yeux.

— Docteur, dit-elle, de tout autre j'aurais pris cette étrange proposition pour une moquerie, partant, pour une injure, en raison des événements passés. Venant de vous, qui nous avez donné tant de preuves d'intérêt, qui êtes notre providence, j'ai tout lieu de croire que vous ne l'avez pas avancée à la légère.

— Vous m'avez fait peur tous les deux, répondit Barjon en poussant un soupir. J'ai cru un moment qu'il ne me restait plus qu'à prendre mon chapeau et à partir. Puisque Mme Quentin veut bien me faire crédit d'un peu de *jugeotte*....

— Oh! docteur, en avons-nous jamais douté?

— Eh bien! puisque vous n'y faites pas opposition, discutons. Je suppose que vous êtes candidat. Quels seront vos premiers partisans? Vos clients..... Ne protestez pas. Je vois ce que vous allez répondre : tous ne seront pas pour vous. C'est entendu. Mais vous trouverez là un petit noyau dévoué, qui s'augmentera d'un second, pris dans ma propre clientèle, qui vous connaît. C'est insuffisant, je vous l'accorde. Ajoutons maintenant, à ces premières troupes, qui sont bien vôtres, celles que vous amènera, je l'espère, le baron de la Garde. Il doit être guéri de son *abstentionnisme*.

Donc, premier appoint. J'en vois un second dans le concours de Bardinet.

— L'ancien adjoint de mon mari?

— Lui-même, Madame. Il a jusqu'à ce jour pratiqué, lui aussi, l'abstention, tout fourbu qu'il était de la liste passée.

— Mais il doit être, comme les autres, convaincu de la véracité des pièces qu'il a eues sous les yeux.

— Erreur, Madame. Il n'a pu que baisser la tête devant l'habileté de vos adversaires, mais il avait été trop mêlé à l'administration de M. Quentin pour croire à ces imputations calomnieuses.

— Pourquoi alors ne l'avons-nous plus revu? Il me fit une visite quelques jours après la mort de mon mari : son attitude embarrassée me laissa supposer qu'il partageait les préventions générales.

— C'est un timide, Madame, et non un combatif. Il est de ces gens qui rentrent dans leur coquille pendant l'orage et y déplorent amèrement les intempéries. Mais, tel qu'il est, il a une véritable influence dans son milieu. Je vous engage à le voir. Il ne détestera peut-être pas la perspective d'un retour de grandeur. Il est assez fin observateur, et l'agitation de la commune doit lui donner à réfléchir.

— Je peux bien tenter une démarche de ce côté, puisque vous me le conseillez.

— Je n'ai pas fini, reprit Barjon. Nous avons passé une revue de nos troupes et supputé nos alliés probables. Voyons maintenant ce qui se passe chez l'adversaire. Là, je l'avoue, une grosse masse, de gros bataillons bien encadrés et surtout très surveillés. C'est cette surveillance même qui me donne de l'espoir. Je sais bien que toute la classe ouvrière est pour Perrier. Pourquoi ? Je l'ignore. Je sais bien qu'il a pour lui la foule des indigents et des fainéants qui attendent de sa main la provende gouvernementale. Il a pour lui encore des fonctionnaires de tous ordres et ceux qui aspirent à l'être, leurs parents et leurs amis. Il faut compter aussi quelques convaincus pour lesquels notre maire est le champion de la bonne cause. Il y a aussi pas mal de nigauds qui croient encore à la réalité des accusations lancées contre votre père. Tout cela fait bien de la masse, mais guère de cohésion. La peur et l'ambition, plutôt que la conviction, sont le lien qui unit les troupes de vos adversaires. Je ne dirai rien des chefs, vous savez ce qu'ils valent. Ne nous préoccupons, du reste, que d'un seul : c'est à la tête qu'il faut viser. On n'est pas maire impunément pendant plus de quinze ans. On prend facilement des habitudes de despotisme qui vous font des ennemis et des jaloux. Pour certains, comme Perrier, le pouvoir est un moyen de faire prospérer ses petites affaires. Il ne s'en est pas privé. Il va même combler la mesure si ce qu'on commence à murmurer est vrai : on lui prête l'intention de faire acheter par la commune tout le pâté des maisons brûlées qui, comme vous le savez, est en face de son établissement. Cela ferait une superbe place, dont le besoin ne se fait nullement sentir. Du coup, son immeuble augmenterait de valeur et son auberge doublerait sa clientèle.

— Croyez-vous, confrère, qu'il n'hésitera pas avant de commettre cette maladresse ?

— *Quos vult perdere Jupiter dementat*, mon cher ami. Tout

cela, ce sont des armes. Vous montez à l'assaut avec des troupes peu nombreuses peut-être, mais dévouées. Chez l'ennemi, la débandade peut se produire pour différents motifs : à cause de l'attaque d'abord, puis en vertu des circonstances nouvelles qui font que cette attaque vient à son heure. Je ne suis pas qualifié pour vous parler de certaines choses, mais enfin je dois vous dire, en spectateur désintéressé, que l'esprit public est en train de se transformer. Votre ami et conseiller, le curé de Lachapelle, avec son zèle, ses exemples, ses catéchismes, ses patronages, ses je ne sais quoi, a regagné pas mal du terrain perdu. Nul n'y prend garde, et peut-être lui-même l'ignore, mais je connais trop mon public pour ne pas voir ce qui se passe. Je dois à la vérité de vous le faire connaître.

— Vous avez la parole convaincante, mon cher confrère ; cependant, vous me semblez trop optimiste.

— Pas pour un sou. Remarquez que je ne vous promets pas la victoire.

— Alors !

— Alors je pars de cette idée qu'un mouvement se produit dans la commune, amené par des causes multiples. Ce mouvement restera improductif et invisible, même pour beaucoup, si une main ferme ne vient le diriger. En face de cette situation, je vois votre personnalité, déjà très marquée, qui s'est révélée aux yeux de nos paysans. Bien que loin de vous par tout mon passé, je veux bien vous dire que j'ai admiré la crânerie avec laquelle vous avez parlé à cette distribution de prix de l'école du curé. Croyez-moi, vous avez fait écarquiller bien des yeux. Bref, je vois en vous l'homme de la situation, celui qui peut accélérer le mouvement commencé, et je le dis.

— Vous pouvez vous tromper.

— Oui, j'en conviens, mais vous devez marcher quand même.

— Ah !

— Oui, quand même, et pour deux raisons. La première vous sera développée par votre curé mieux que par moi. Je ne suis qu'un païen, c'est à lui à vous sortir de son arsenal des arguments décisifs sur la nécessité de faire son devoir, même devant l'impossible. La seconde est capitale pour vous. Vous poursuivez un but : la réhabilitation de votre nom.

Aurez-vous jamais des preuves convaincantes ? Vous pouvez arriver cependant par des moyens détournés, c'est-à-dire en vous imposant à l'estime publique et en renversant vos adversaires. Tout le monde a l'œil sur vous ; ne voulez-vous pas essayer de frapper un grand coup ? Personne ne s'y attend : la surprise est une bonne tactique. Si vous échouez, vous n'en garderez pas moins autour de vous des amis et un parti. Jeune comme vous êtes, vous pourrez toujours escompter l'avenir.

Un silence s'établit après cet exposé vivant de la situation. Aucune objection ne venait plus à Olivier, et il ne pouvait cependant dire oui. Enfin Mme Quentin prit la parole :

— Vos conseils sont d'un ami dévoué et nous devons les prendre en considération. Qu'Olivier y réfléchisse à loisir ; je n'entends l'influencer en rien. J'ai assez confiance en lui pour être persuadée qu'il saura prendre la meilleure détermination.

Sur ces paroles, Barjon prit congé, assez satisfait de sa démarche.

Il ne s'attendait pas à une acceptation soudaine, aussi ne fut-il nullement surpris de voir ajourner la réponse définitive.

Le lendemain, Olivier décida d'aller demander les conseils de l'abbé Boran. Il lui exposa la situation telle que l'avait dépeinte son confrère et le pria de lui dicter sa conduite.

— Je ne suis pas compétent en matière politique, mon cher ami. Je vois le bien spirituel qui pourrait résulter de votre succès, mais j'estime que mon rôle n'est pas de m'immiscer dans la lutte ni de vous pousser à un rôle actif. En matière électorale il y a de tels dessous, de telles surprises qu'il faut y regarder à deux fois avant de se lancer. Cependant, si votre brave confrère vous a fait une telle proposition, il y a lieu de ne pas la repousser sans examen. C'est un vieux renard, qui ne doit pas avoir encore sorti le fond de son sac, et je ne crois pas qu'il veuille faire du dilettantisme à vos dépens. Peut-être aussi qu'au cours de la lutte la Providence vous enverra des armes inattendues. Du reste, mon cher ami, oubliez tout ce qu'on vous a dit, recueillez-vous et cherchez votre devoir.

Le même jour, sous un prétexte quelconque, notre jeune docteur se rendit chez Bardinet. Celui-ci était bien l'homme dépeint par Barjon. Son accueil fut très cordial, bien qu'un peu gêné. Le jeune homme fit des prodiges de diplomatie pour l'amener à dévoiler sa pensée, mais sans succès. En désespoir

de cause, Olivier parla de son père, demanda quelques détails
sur la fameuse séance et finit par lui arracher des paroles qui
indiquaient que cette date ne s'était pas effacée de sa mémoire,
et que l'insulte faite au maire avait également blessé l'adjoint.

Plus sûr maintenant de son terrain, le docteur épancha son
cœur, dévoila ses amertumes et fit entrevoir l'idée naissante de
la revanche. Il fit en même temps intervenir à propos le nom
du Dr Barjon et put enfin obtenir de connaître l'opinion du
vétéran sur la situation actuelle. Elle était plutôt favorable à
une tentative. Bref, après une heure de conversation, le vieil
auxiliaire de M. Arsène avait promis son concours.

— Mon cher Monsieur, lui déclara Bardinet en le recondui-
sant, je crois bien que je viens de me laisser rouler par vous. Je
m'étais pourtant promis de ne plus m'y frotter. Enfin, le sort
en est jeté, je vous seconderai de mon mieux. Ce serait pour
moi un heureux jour si je pouvais voir écraser cette bête venimeuse qu'est Perrier.

Après cette visite, le jeune homme prit encore quelques
jours de réflexion, cherchant à tâter discrètement certaines
personnes. Il revint au plan de son confrère, l'étudia à loisir,
et ne put faire autrement que de le trouver logique. Enfin, huit
jours après la soirée de Beauchamp, il prit la résolution d'accepter les projets de Barjon. Il en fit part à sa mère.

— Quand je suis arrivé ici, il y a deux ans, lui dit-il, j'étais
loin de me douter de ce que la vie me réservait de tristesses, de
rancœurs et aussi de consolations. J'ai pu, grâce à Dieu, tracer
mon sillon, mais je crois que mon devoir est de la pousser plus
avant. Si je suis vaincu, maman, nous nous consolerons l'un
l'autre, et nous nous dirons que nous avons fait tout notre
devoir, que nous l'avons fait pour lui, pour celui que nous
pleurons toujours.

X

BATAILLE

Barjon venait de rentrer de l'hospice quand Olivier se présenta chez lui pour lui faire connaître le résultat de ses
réflexions. Une animation insolite se remarquait sur le visage
du vieux docteur. Entendant venir quelqu'un, il referma vivement son secrétaire sur un papier qu'il tenait à la main.

— Ah ! c'est vous, dit-il, vous tombez à pic.

— Comment cela ?

— Je vous le dirai dans un moment. Dites-moi d'abord ce qui vous amène.

— Vous devez vous en douter : je viens vous dire oui.

— C'est bien la réponse que j'attendais, mon cher ami. Le conseil que je vous ai donné très sincèrement, l'autre jour, je vous l'aurais donné ce matin encore avec instance.

— Est-ce que vous avez changé d'avis maintenant ?

— Non, en ce qui concerne l'avis. Oui, en ce qui concerne le conseil.

— Je n'y suis plus.

— C'est bien simple : je vous impose mon avis. Ce n'est plus un conseil que je vous donne, c'est une sommation.

La figure sérieuse et émue du vieux docteur contrastait avec ce ton énigmatique et de forme plaisante qui lui était habituel. Olivier ne savait qu'en penser.

— Je vous intrigue, reprit Barjon. Il y a de quoi. Le hasard où, si vous aimez mieux, la Providence, vient à votre aide. J'ai là un papier qui va vous apporter une joie intense..... à moins qu'il ne vous laisse une déception.

— Mais parlez ! Qu'y a-t-il donc ?

— Voici ce que Sœur Sainte-Marie vient de me remettre, dit Barjon en ouvrant lentement son secrétaire. Elle l'a trouvé dans un vieux placard où avaient été déposées les hardes de ce malheureux Rousseau.

Et il mit dans la main d'Olivier une vieille photographie. Celui-ci ne distingua rien tout d'abord, puis soudain il poussa un cri :

— Le faux de Perrier ! Oh ! pauvre père !

Et il s'écroula sur une chaise.

Barjon le laissa se remettre peu à peu de cette vive émotion.

— Non, lui dit-il, au bout d'un moment, ce n'est pas le faux de Perrier. Je veux dire que ce n'est pas celui que Perrier a produit en plein Conseil, mais ce doit être son frère. Tout y est bien, l'écriture de votre père, sa signature, le cachet de la Société électrique. C'est un second exemplaire.

— D'où vient-il ? put enfin prononcer Olivier.

— Je vous l'ai dit ; du fond d'un vieux placard. Vous pouvez remercier Sœur Sainte-Marie, qui l'a sauvé du feu, dans lequel sa compagne allait le jeter. Elle a eu la curiosité de déchiffrer ces caractères jaunis, et, quand elle en a eu compris l'importance, elle a mis ce chiffon au plus profond de sa poche, pour me le remettre à ma première visite. Voilà tout le mystère. Par exemple, je lui ai recommandé le silence, la menaçant de tous les feux de l'enfer au moindre mot sur ce sujet.

Olivier sourit de cette boutade.

— Elle vous écoutera certainement. La bonne Sœur ! Le brave homme que vous êtes !

— C'est entendu ; mais je voudrais bien être en même temps un peu sorcier pour savoir comment et pourquoi cet individu possédait une pièce de cette nature, car elle ne peut provenir que du baluchon tout démoli de notre vieille connaissance, le pseudo Rousseau.

— Attendez, dit soudain Olivier. Une idée ! Oui, je me souviens..... c'est lui..... ce ne peut être que lui : Renaudot.

— Qui ça, Renaudot ?

— A l'usine électrique, autrefois. Il était dessinateur ; il faisait de la photographie ; un peu bohème. Ce doit être le même personnage.

— Très bien, je me rappelle. Vous m'avez raconté votre visite à l'usine, jadis. Il se peut, en effet, que ce soit le même personnage. Combien il a changé ! car rien ne m'a rappelé la physionomie de ce dessinateur que je connaissais assez. Admettons néanmoins l'hypothèse juste, et elle doit l'être ; il faudrait pouvoir mettre la main sur ce Renaudot dit Rousseau, ou Rousseau dit Renaudot.

La logique de Barjon accabla son confrère. Le ciel mettait dans sa main une arme sur laquelle il ne comptait plus, mais il lui refusait le moyen de s'en servir.

— Non, fit-il tout à coup, en se levant pour prendre congé, il ne sera pas dit que je n'arriverai pas au but, maintenant que j'ai le fil conducteur. J'emporte la photographie, n'est-ce pas ? je vais l'étudier.

— Emportez-la, dit Barjon, c'est votre bien, je ne suis qu'un intermédiaire. Un mot cependant avant de partir : c'est toujours oui ?

Olivier releva la tête.

— J'avais oublié le but de ma visite. Je ne sais..... Je crois bien.....

Puis, brusquement, il termina :

— Venez dîner ce soir à Beauchamp, nous recauserons de tout cela.

Le papier sauvé du feu par Sœur Sainte-Marie, tout précieux qu'il fût, ne pouvait pas éclaircir tout le mystère. Barjon cependant ne s'en dissimulait pas l'importance. Aussi n'eût-il garde de manquer à l'invitation du soir.

Il trouva Mme Quentin toute transfigurée. Elle voulait voir un heureux présage dans cette trouvaille providentielle. Quant à Olivier, il avait passé la journée sur cette photographie déteinte ; il avait étudié et comparé tous les mots, et sa stupéfaction avait été grande à constater la perfection du faux. Même pour un œil prévenu comme le sien, même pour une volonté bien arrêtée de voir là un faux, il y avait à s'y méprendre. Il comprenait pourquoi, maintenant, les indifférents s'étaient laissé prendre, comment les intimes avaient été trompés.

Mais lui, du moins, à loisir, il soulèverait les voiles. Il faudra bien maintenant qu'on lui montre l'original, le *vrai faux*, sur lequel on trouvera certainement des traces suspectes, que la photographie, habilement retouchée, pouvait avoir cachées. Ce Renaudot savait si bien opérer, comme on lui avait dit à l'usine. C'était bien lui le coupable, il n'en doutait plus. Le coupable ! c'est-à-dire un des coupables, un des complices. Qui était l'autre..... les autres ? Il faudra qu'elle parle, cette photographie. Et, brusquement, une idée avait jailli. Oui, il partirait pour Paris ; il la soumettrait à un expert, à un de ses amis, un intime du quartier latin. Il oserait lui confier ce secret de famille, et l'ami, l'expert coté, aurait vite fait de lui débrouiller ça.

Barjon avait écouté toutes ces confidences, tous ces projets, tous ces espoirs.

— Je vous approuve, lui dit-il ; votre idée est excellente. Partez pour Paris, je me charge de vos malades. En attendant, il faut agir ici. Cette absence, qu'il nous sera impossible de cacher, pourrait être mal interprétée.

— Oh ! peu importe maintenant.

— Il importe plus que jamais, mon cher ami. Laissez pour un moment cet enthousiasme que je comprends, et réfléchissez froidement. C'est le privilège de mon âge. A Paris, où va vous dire, je n'en doute nullement, qu'il s'agit d'un faux. On vous le prouvera par A + B, c'est certain. Et après ? Vous le proclamerez à la face de tous, comme il sera de votre devoir. Croyez-vous que Perrier se rendra ? Vous l'aurez ébranlé, certes ; vous lui aurez enlevé des soldats ; et c'est pourquoi je me réjouis avec vous de cette précieuse découverte ; mais il résistera toujours. Il n'aura aucune difficulté à faire comprendre à la multitude imbécile et ignare que les gens de Paris ne peuvent dévoiler un faux qui n'en est pas un, puisqu'il est bien prouvé, par tous ceux qui le connaissent, que c'est bien là l'écriture de M. Arsène Quentin, et que, du reste, cette preuve de prévarication était utile, chacun ayant pu se rendre compte des avantages que le maire avait retirés de toutes ces affaires.

Mme Quentin et Olivier eurent un geste de protestation.

— Excusez-moi, Madame, de parler ainsi et de souffler sur vos enthousiasmes. Mon intention n'est pas de vous ravir tout espoir. Je force peut-être un peu la note, mais je dois vous démontrer que nous ne devons rien abandonner de nos projets primitifs. Olivier a déjà pour lui une partie de l'opinion, qui lui est venue par sympathie et sans preuve. Maintenant que nous avons ce commencement de preuve, nous pouvons marcher avec plus d'assurance. Nous touchons presque à la certitude du succès. Mais il faut aussi le succès politique pour démonter l'adversaire et l'écraser, à défaut de preuve réelle, palpable, vivante, si je puis dire, de ce faux. J'ajouterai même que cette preuve existât-elle, tant que Perrier restera à la mairie, vous n'aurez pas reconquis entièrement l'opinion. Tel est mon avis.

— Merci, dit Olivier, après un silence. Vous me remettez sur la voie, je le comprends. J'avais désiré avec tant d'ardeur mettre la main sur cette photographie, que de la voir sous mes yeux m'a trop remué. Je n'ai plus pensé à rien de ce qui n'était pas elle. Son rayonnement que je me suis exagéré, je le vois, m'a caché la puissance des moyens qui, grâce à vous, me sont déjà venus. Je vous renouvelle donc le oui de ce matin.

— Puisque l'incident est clos, pontifia Barjon, passons à l'ordre du jour. Demain, vous partez pour Paris faire de bon travail ; demain aussi, avec votre permission, je lance un pétard sur Lachapelle... Je vois à votre mine effarée que vous ne me prenez pas au sérieux. Donnez-moi donc l'adresse de la *Bonne Nouvelle*, pour que je puisse ouvrir les hostilités.

— Vous voulez donc me faire franchir le Rubicon, sans plus tarder ?

— Oui, et, s'il m'en souvient bien, César ne tremblait pas ce jour-là. Bon voyage!....

Olivier est à Paris depuis deux jours et il a commencé ses démarches. Pendant ce temps, Barjon travaille à Lachapelle. Si le jeune homme est plein d'espoir, Perrier, lui, se sent dans une mauvaise période. M. le maire s'est levé après une nuit agitée. Est-ce le souci de son commerce ? est-ce la préoccupation des affaires communales ? est-ce une digestion pénible ? Il ne sait trop préciser. Un vague malaise, des cauchemars le travaillent depuis quelque temps. Lui qui avait jadis le sommeil profond de l'innocence (et de la brute, aurait dit Barjon), ne trouvait aucune position favorable. L'âge en serait-il la cause? Il faudra qu'il consulte à son prochain voyage à Valfleury, car c'est au chef-lieu que M. le maire a pris son médecin. Il ne saurait confier le soin de sa précieuse personne à ceux de Lachapelle.

Planté sur le pas de sa porte, il en était là de ses réflexions, quand il vit le gros Jarbel se diriger vers lui en courant. Cette allure inusitée, chez un homme qui aspirait à garder sa dignité, le surprit, en même temps qu'un frisson d'inquiétude vint ajouter à ses idées noires.

Rouge, tout essoufflé, Jarbel se précipita sur Perrier.

— Rentrons, Monsieur le maire, allons dans votre bureau.

— Qu'est-ce qu'il y a encore ? grogna celui-ci.

— Vous allez le savoir, ne restons pas en public.

La porte refermée, l'instituteur sortit un journal de sa poche, et mettant un article sous le nez du maire :

— Lisez. C'est dans la *Bonne Nouvelle* que je viens de trouver ça. Quelqu'un qui a voulu se *ficher* de moi et de vous nous l'a envoyé par la poste, car j'en vois aussi un numéro non décacheté sur votre bureau. C'est bien un fait exprès.

Perrier, ayant sorti ses lunettes, se mit à lire tout haut :

La petite ville de Lachapelle, qui a déjà fortement occupé l'opinion publique il y a quelques années, nous ménagerait-elle de nouvelles surprises? Il se murmure à mots couverts qu'une main mystérieuse a remis aux intéressés cette fameuse photographie d'une lettre qui attend encore la preuve de son authenticité.

Des événements importants semblent à la veille de se produire. La prochaine période électorale pourrait devenir intéressante.

Nous tiendrons nos lecteurs au courant de cette étrange affaire.

Tout ahuri, Perrier posa le journal.

— C'est complet, accentua Jarbel. S'ils veulent nous intriguer, ils peuvent se vanter d'y avoir réussi. Mais c'est pas tout ça : ils parlent d'une photographie qui est passée dans leurs mains. Vous l'avez donc perdue ? On vous l'a volée ?

Le maire se frappa le front et, prenant un trousseau de clés, fit jouer la serrure de son coffre-fort.

— Je ne l'ai pas perdue, la voilà bien.

Et il sortit une photographie un peu pâlie, mais mieux conservée que celle que nous connaissons.

— Alors, dit Jarbel, vous aviez fait tirer deux épreuves ?

— Je n'en ai jamais vu qu'une.

— Le cliché n'a donc pas été détruit, ou quelqu'un a pu avoir l'original en main pour quelques heures. L'avez-vous toujours, l'original ?

Perrier baissa la tête, réfléchissant, mais sans répondre. Jarbel, qui n'avait aucun doute sur l'authenticité de la lettre, dont il ne connaissait, comme tout le monde, que la photographie, n'insista pas. Il attendit que M. le maire sortît de ses réflexions.

Celui-ci avait reçu un véritable coup de massue. Des bourdonnements remplissaient ses oreilles ; devant ses yeux passaient des brouillards, et il serait certainement tombé si, par une précaution instinctive, Jarbel ne l'avait entraîné au fond de son bureau et fait asseoir, avant de communiquer cet article.

Quand un peu de clarté se fit dans ses idées, il comprit que la partie devenait sérieuse et qu'il devait faire appel à toute son énergie et à tout son savoir-faire. Il se sentait encore des ressources, et, tout bien réfléchi, il ne désespérait pas d'être le plus fort. Mais ce passé qu'on allait remuer, cette lettre qu'on allait sans doute le sommer de montrer, comme Jarbel tout à l'heure avait failli le faire, cette lettre qu'il ne possédait pas, qu'il n'avait jamais eue. C'était là l'ennui, le danger. Comment parer le coup ? Et cette deuxième photographie, d'où sortait-elle ? N'était-ce pas un coup de Renaudot, cette canaille ? Il

aurait dû le fouiller avant de le mettre à la porte. C'est ce vieil
ours de Barjon qui aura mijoté le coup : c'est bien son style, sa
manière. Oui, ce ne peut être que cela. Renaudot sortait de
l'hospice ; c'est bien ça. Il a voulu vendre au plus offrant, et
moi je n'ai pas compris...

La voix de Jarbel impatienté arrêta net le cours de ses pensées tumultueuses.

— Ça vous a endormi, ce coup-là, Monsieur le maire. Il faudrait pourtant parer cette tuile. Pour la photographie, ce n'est
pas une affaire. Que peuvent-ils en tirer ? Ce que je ne comprends pas, c'est cette allusion aux prochaines élections. Il ne
veut pas se jeter dans nos jambes, le fiston! ce serait un toupet!

Perrier, ne se sentant pas soupçonné pour la lettre, retrouva
tout son aplomb.

— Pour de l'audace, ils en ont ! fit-il. Ça m'a suffoqué ! C'est
passé maintenant ; nous allons y faire. Venez ce soir, Jarbel,
avec les amis ; nous souperons ensemble et nous aviserons à
nous défendre, puisqu'on fait mine de nous attaquer.

Nous n'irons pas prêter une oreille indiscrète au conciliabule
tenu, le soir, chez le maire ; nous laisserons plutôt les événements se dérouler d'eux-mêmes.

Bien plus intéressants à écouter sont les commentaires du
public à la lecture du journal. Ce fut une rumeur intense dans
la population. Les deux camps partirent en guerre sur-le-
champ. De porte à porte, de boutique à boutique on s'inter-
pella. Les défis, les ripostes vives jetèrent une animation inac-
coutumée dans le bourg. L'article n'étant pas encore très expli-
cite, c'est sur son interprétation qu'on se battait, avec la sensation que la lutte allait être bientôt réelle. Les uns virent poindre
la revanche, les autres appréhendèrent des révélations fâcheuses
et n'en furent que plus farouches à la riposte.

Barjon se donna la satisfaction de parcourir lentement les
rues de Lachapelle pour jouir de l'effet de son pétard. Jamais
on ne l'avait vu se mêler aux groupes et pérorer dans les rues,
comme les candidats en quête d'électeurs. Son caractère plutôt
froid, bourru même à l'occasion, ses habitudes de célibataire
sauvage lui faisaient fuir ces manifestations de la vie publique.
Sa manière le portait de préférence à agir à l'intérieur des
maisons, au lit des malades, où il savait trouver des mots type,
des phrases irréfutables pour convaincre les gens. Mais en ce

jour il n'hésita pas à se faire violence et à risquer quelques stations près des groupes.

Chacun soupçonnait le rôle qu'il jouait dans les événements, aussi fut-il souvent assailli de questions.

— Quoi ! vous ne savez pas lire, répondait-il, c'est pourtant clair !

— Cette photographie, docteur, d'où vient-elle ?

— Demandez ça au journal.

— Et après ? disait un partisan de Perrier, qu'est-ce qu'on peut en faire ? C'est pas avec ça qu'on décrochera la lune.

— Eh ! eh ! ripostait le docteur, il y a lune et lune. J'en connais qui sont assez malades pour se décrocher toutes seules.

— Bravo, criait-on, attrape.

Barjon était dans la jubilation.

Cela dura ainsi quelques jours, pendant lesquels Olivier, qui suivait les progrès de l'expertise, put annoncer à ses amis qu'il avait l'espoir d'arriver rapidement à une conclusion favorable. Alors le vieux docteur jugea utile de lancer une seconde pierre dans la mare. Le lendemain, on lisait :

L'affaire mystérieuse de Lachapelle, sur laquelle nous avons promis quelques renseignements, vient d'entrer dans une nouvelle phase. Un examen attentif de la photographie dont nous avons parlé va permettre, dit-on, de soulever sous peu une grave question que les électeurs de cette commune auront à cœur de trancher conformément à la justice et à l'honnêteté.

Les numéros du journal furent enlevés en rien de temps : le dépositaire dut en demander d'autres par dépêche. L'effervescence était à son comble. Barjon fit une nouvelle tournée dans les rues, puis, arrivant devant la boutique de Bonneuil, il l'appela au dehors d'un signe. Celui-ci s'empressa de répondre à cet appel, et, pendant vingt minutes, on le vit s'entretenir avec le vieux praticien, dont les gestes vifs et les paroles précipitées intriguaient les curieux.

Quand Bonneuil revint à sa boutique, il fut assailli de questions.

— Qu'y a-t-il ?

— Qu'est-ce qu'il t'a dit ?

— Qu'est-ce qu'il mijote encore, le vieux ?

Amis et adversaires se pressaient. Bonneuil, sentant son importance, prenait son temps pour répondre. Il dut enfin parler, mais il ne lâcha son secret que petit à petit.

— Eh bien ! oui, ça y est, cette fois.

— Quoi donc ?

— On va y faire pour tout de bon.

— Mais parle donc clairement.

— Je ne suis pas cause si vous ne comprenez pas. Il va se porter, comme je pensais.

— Lâche donc ton marteau et explique-toi.

— Vous ne vous en doutiez pas, vous autres. C'était pourtant tout vu que le Dʳ Quentin marcherait, et il le tombera, notre maire, vous pouvez en être sûrs. Un charmant jeune homme, du reste, et qui vous a une riposte en dessous après un dégagé..... je ne vous dis que ça !

— Bravo ! bravo ! crièrent quelques voix.

— Comment ose-t-il ? ricanèrent les autres, après ce qui est arrivé à son père.

La nouvelle courut de bouche en bouche. Barjon avait trouvé un excellent moyen pour ouvrir définitivement la lutte et couper les ponts derrière Olivier. Il avait donné à Bonneuil quantité de détails que celui-ci eut soin de ne pas garder pour lui seul.

Le maire n'avait pas encore bougé. Attendait-il une attaque plus directe, ou mesurait-il le coup à porter ? Nul n'en savait rien. Devant l'agitation publique, il rompit enfin le silence, et on put lire dans la *Lutte*, dont les numéros furent distribués gratuitement, la réplique suivante :

Quelle mouche a piqué nos bons cléricaux de Lachapelle? Ils sont bien trois douzaines et font du bruit comme mille. La fièvre politique semble faire chez eux de grands ravages. Leurs docteurs feraient bien de se concerter pour enrayer cette épidémie nouvelle. Nous pourrions, s'ils le désirent, leur fournir quelques explications sur un mal si étrange. Cependant, comme nous les supposons aussi bien renseignés que nous-mêmes, il est inutile que nous leur fassions l'historique de cette maladie dont les débuts semblent remonter à quinze ou seize ans. Nous leur conseillons, cependant, de prendre des mesures énergiques, car ils doivent se souvenir que les débuts furent très graves. Leur responsabilité est engagée.

L'article se prolongeait, sur trois colonnes, hargneux et méchant. Ce fut un nouvel aliment aux controverses locales.

Le même matin où parut cette tirade, Barjon reçut un pli de la Préfecture. Il s'empressa de l'ouvrir, vaguement inquiet.

La lettre était brève : un arrêté du préfet le relevait de ses fonctions de médecin de l'Assistance médicale gratuite pour la commune de Lachapelle.

Aucune explication, aucun prétexte n'était fourni.

Notre vieux praticien ne s'était jamais fait d'illusions ; il savait que Perrier ne reculerait devant rien et emploierait toutes les armes. Il ne savait comment on pèserait sur lui, mais il s'attendait à tout. Malgré cela, le coup ne lui en fut pas moins sensible : il sentit un pincement au cœur. Certes, la mesure en elle-même ne lui causait aucun préjudice matériel, mais il tenait à ce service, si peu payé qu'il fût ; il aimait ses indigents et s'en était fait aimer.

Perrier avait touché juste.

XI

L'EXPERTISE

Plusieurs expertises sensationnelles avaient rendu célèbre le nom de Francisque Vaury. C'est à lui, son ami, qu'Olivier avait confié le soin de tirer au clair cette question de faux. La cause des Quentin ne pouvait être placée en de meilleures mains.

Ce travail présenta tout d'abord une grosse difficulté. La photographie, quoique mal conservée et détériorée par l'humidité, permettait assez facilement la lecture des mots, mais les injures du temps rendaient pénible et presque impossible l'étude comparative de chaque lettre.

Après plusieurs essais prudemment conduits, l'expert, grâce à des manipulations ingénieuses, put obtenir une plus grande netteté de l'image et s'abandonner à sa tâche avec l'espoir de la mener à bien.

Pour occuper ses loisirs, Olivier profitait de son séjour à Paris pour revoir ses anciens maîtres et s'initier aux méthodes nouvelles, dont il n'avait pu juger que par la lecture des publications scientifiques auxquelles il était abonné. Mais le soir il ne manquait pas d'aller passer une heure chez son ami. C'est ainsi qu'il avait pu annoncer à Barjon et à sa mère les résultats obtenus au jour le jour et montrer la confiance qu'il avait dans le résultat final.

Enfin, après trois semaines d'absence, il put reprendre le chemin de Beauchamp, emportant un long rapport de Francisque Vaury.

Dès son arrivée en gare de Lachapelle, il comprit, à l'attitude des gens, que quelque chose était changé dans le pays.

Barjon était venu l'attendre : il lui fit part de ses observations.

— J'ai lancé le pétard, fit celui-ci, et vous en voyez les effets. Il y a du bon, quoique je ne vous en eusse pas avisé. Et cette expertise est-elle bien au point ?

— Je le crois. Vous en jugerez ce soir, dès que vous m'aurez permis de réparer les désordres et les fatigues du voyage.

Le dîner de famille à Beauchamp fut partagé par l'abbé Boran et Barjon. Olivier, que sa mère venait de mettre au courant de la mesure arbitraire prise contre son confrère, lui en exprima tous ses regrets.

— Ne parlons pas de ça, fit le bon praticien. J'ai bien senti la piqûre sur le moment, mais je n'en souffre plus aujourd'hui. Parlons plutôt de votre affaire.

Le repas achevé, Olivier mit sous les yeux de sa mère et de ses amis le rapport très détaillé et très concluant de l'expert. La lecture en fut longue, d'autant plus qu'ils durent, à chaque instant, se reporter sur la photographie pour pouvoir comprendre les explications et suivre la critique. Leur étonnement fut extrême, presque douloureux, d'apprendre que tout n'était pas faux dans le document et qu'une partie de la lettre était bien de la main de M. Arsène Quentin. Olivier avait éprouvé ce même moment d'angoisse, à Paris, quand M. Vaury lui avait fait part de cette découverte. Mais les conclusions étaient très rassurantes. Nous allons les donner en entier, en priant le lecteur de se reporter à la lettre du chapitre IV :

1° La présente photographie est de deux écritures différentes.
2° La date, la première ligne et quelques autres mots épars dans le corps de la lettre, tels que *mon conseil*, *je viens*, tout le dernier

paragraphe et la signature sont de la main de M. Arsène Quentin.

3° Toutes les autres parties de la lettre sont d'une autre écriture qui imite parfaitement l'écriture de M. Quentin, mais qui s'en distingue par des caractéristiques assez nettes pour qu'on puisse affirmer qu'elles sont de la main d'un faussaire.

4° Les observations faites permettent de dire que le faussaire a travaillé sur une lettre authentique qu'il a refaite en partie, utilisant les mots et les phrases qui lui convenaient.

5° La lettre originale doit porter les traces manifestes de ces retouches, que la photographie, très habilement employée, a dû faire disparaître.

6° Il est naturel de penser que la lettre originale ne pouvant être présentée à cause de ces retouches, la photographie a été faite uniquement pour masquer le faux.

— Ainsi, mes chers amis, poursuivit Olivier après avoir achevé sa longue lecture, non seulement il n'y a plus aucun doute sur le faux, mais ce rapport nous donne la marche à suivre pour démasquer le faussaire.

L'abbé Boran fut le premier à répondre.

— Je crois, en effet, mon cher enfant, que vous n'avez pas perdu votre temps à Paris, et que vous pouvez envisager l'avenir avec confiance.

— Je suis heureuse de votre appréciation, Monsieur le curé, dit Mme Quentin. Dieu nous favorise visiblement. Qu'en pense notre bon docteur ?

— Mon avis est conforme au vôtre, Madame, et à celui du pasteur. J'estime qu'Olivier vient de nous rapporter un instrument qui nous permettra de faire danser M. Perrier. Nous allons certainement lui faire tourner au gris les cheveux qui lui restent, et, par-dessus le marché, nous convaincrons quelques hésitants, ceux qui pourront comprendre ce travail, fort bien fait du reste. Cela ne sera pas tout le monde.

— Mais alors ? fit vivement Olivier.

— Alors, mon cher ami, nous allons continuer la lutte avec ce nouvel atout en main, mais il nous restera toujours la dernière carte à retourner.

— Je vais les mettre en demeure de nous la fournir, cette carte. Dès demain, je vais adresser au maire une lettre publique, le sommant de montrer la lettre originale, et, par ce moyen...

— Et par ce moyen vous allez certainement le mettre dans

l'embarras. Je doute cependant qu'il vous donne satisfaction. Je ne sais quels prétextes il inventera, mais croyez qu'il ne vous fournira pas de verges pour se faire battre.

— Je vous aurais cru moins pessimiste, mon cher confrère.

— Ce n'est pas du pessimisme. Je voudrais seulement vous mettre en garde contre les illusions dangereuses. En somme, vos affaires prennent très bonne tournure : le public s'agite beaucoup, et votre parti se dessine de plus en plus, gagnant chaque jour du terrain. Vous allez jeter dans le feu des discussions un gros argument, qui vous fera faire encore un pas en avant. Tout cela est au mieux, et nous, vos amis, nous pouvons diagnostiquer le succès. Je n'en persiste pas moins, cependant, à vous dire ce que je vous ai déjà dit : trouverez-vous jamais la preuve irréfutable, vivante, qui est nécessaire pour convaincre la masse ignorante ? Elle ne comprendra rien à ces subtilités d'expertise, et Perrier saura lui faire avaler quelque grosse bourde pour neutraliser vos arguments.

Cette logique du vieux docteur avait éteint l'enthousiasme d'Olivier, et Mme Quentin s'était enfoncée dans son fauteuil, reprise par ses angoisses passées.

Une gêne était née entre les interlocuteurs, et il semblait qu'une grande froideur venait de succéder à la chaude sympathie qui régnait entre eux l'instant d'avant. Le même phénomène se produit, dans l'ordre physique, lorsqu'une fenêtre, brusquement ouverte par le vent du Nord, fait soudain passer un frisson dans un appartement bien chauffé.

Le bon curé s'empressa d'intervenir.

— Les paroles du docteur me paraissent justes, dit-il. Elles sont d'un homme qui ne veut pas s'illusionner, mais qui a toujours confiance dans l'avenir. La Providence vous a mis en main des armes sur lesquelles vous ne comptiez plus, donc vous avez plutôt sujet de vous réjouir. Le docteur a seulement voulu vous dire que la lutte n'était pas finie. Ne vous en doutiez-vous pas un peu ?

— J'ai parlé avec ma brutalité ordinaire, reprit Barjon. Heureusement que vous étiez là, Monsieur le curé, pour édulcorer ma potion amère. J'espère que votre jeune ami va retrouver son bel enthousiasme. L'expertise a donné, pour moi, au delà de ce qu'on pouvait espérer, et, je le répète, elle nous apporte une grande force. Mais je connais nos adversaires, je connais leur audace, je les sais dénués de scrupules. Il faut compter avec cela dans une affaire où ils ont à défendre leur triste honneur, et leur place surtout.

Peu à peu, sous les paroles réconfortantes de leurs deux amis, Mme Quentin et son fils sentirent renaître leur courage et leurs espérances. L'esprit travaillé depuis des mois et des années, les nerfs continuellement tendus, ils s'étaient abandonnés un peu vite sous la douche froide de leur dévoué conseiller. Mais c'était fini maintenant : la réaction se produisait.

La conversation se continua longtemps. L'avis unanime fut bien que le faussaire ne pouvait être que Renaudot. Lui seul, habile photographe, dessinateur coté, employé à la Société électrique, avait pu se procurer cette lettre et la travailler. Le rôle de Perrier avait dû être celui d'un inspirateur et d'un payeur. Il devait avoir toutes les pièces en main ; il fallait donc l'obliger à les montrer ou à s'avouer coupable. De son complice il ne pouvait plus être question.

Dès le lendemain, Olivier reprit son service et put encore mieux juger des modifications qui s'étaient accomplies pendant son absence. Malgré les regards furieux de certains, il se sentit ému de la chaude sympathie, très franchement manifestée, de beaucoup.

Il pensa que son devoir lui commandait de faire part de son dossier tout d'abord aux personnes notables qui avaient eu foi en lui, sans preuves, et, parmi les premières, au baron de la Garde. Nous ne jurerions pas que cette démarche ne fût, dans son intention, plutôt dictée par le désir de se montrer sous un tout autre jour aux yeux de Mlle de la Garde qui, mieux que son père et avant lui, lui avait donné des témoignages d'estime.

Mme Quentin accompagna son fils. Elle désirait remercier Mlle Geneviève et son père du bon accueil fait à Olivier, en diverses circonstances. Le baron était absent ; ce fut la jeune fille qui les reçut.

Elle se montra sincèrement heureuse du succès de leurs démarches et le témoigna à Mme Quentin avec une bonne grâce respectueuse, qui gagna le cœur de cette dernière. Pendant tout le cours de la visite, Mlle de la Garde n'adressa guère la parole à Olivier, mais celui-ci sut bien prendre la part qui lui revenait dans les marques de sympathie adressées à sa mère.

Au départ, la jeune fille promit à Mme Quentin de lui rendre bientôt sa visite, ce qu'elle fit en effet. Elle revint même plusieurs fois à Beauchamp, l'après-midi, sachant qu'à ce moment de la journée le docteur était toujours absent.

Après sa visite au château, Olivier en fit une à Bardinet. Le bonhomme se frotta les mains en voyant les pièces à conviction que lui apportait son jeune ami. Très fin, bien que peu lettré, il s'assimila vite les explications données et se promit d'en faire bon emploi. Malgré l'aide qu'il avait promise à Olivier, il n'était pas sans crainte pour le succès de la campagne. Sans doute, la lutte était possible, mais il faut si peu d'écart entre le succès et la défaite, que celle-ci, fût-elle très honorable, n'en est pas moins une défaite. Bardinet fut donc enchanté et laissa percer une plus grande confiance. Olivier repartit tout réconforté.

Il montra son dossier à d'autres notables ; il en fit part même à ses clients, au cours de ses tournées, heureux maintenant de pouvoir parler de son père sans réticences et avec orgueil.

Le bruit de ces conclusions se répandit dans toute la commune et vint compléter les entrefilets parus dans la *Bonne Nouvelle*. Mais ce n'était pas encore la mise en demeure définitive que le jeune homme avait projeté d'adresser à Perrier. Avant l'attaque suprême, un peu d'hésitation le retenait. Il n'avait aucun doute, certes, sur la valeur du rapport de son expert ; malgré cela, il se sentait pris par une émotion bien naturelle. Les événements se succédaient avec une telle rapidité, et il se trouvait, lui, à peine échappé de l'école, assailli par des préoccupations d'ordre intime et d'ordre public tellement graves que, par moment, son énergie semblait fléchir.

Mais nous savons qu'il avait l'âme solidement trempée ; aussi ne voulut-il pas reculer davantage. Il écrivit cette lettre où, sans phrases, avec une émotion contenue et une ferme dignité, il sommait son adversaire de fournir des preuves moins suspectes de ses anciennes accusations.

Avant de l'envoyer au journal, il voulut la communiquer à Barjon, qu'il n'avait pas revu depuis la soirée de son retour. Il se rendit à son domicile. Le docteur était absent : il venait de partir pour la Tourotte, où une lettre pressante de Mlle de la Garde l'avait appelé. Assuré d'avance de l'assentiment de son confrère, Olivier jugea inutile de l'attendre et mit sa lettre à la poste.

Voici ce que tout le monde put lire le lendemain :

A Monsieur le maire de Lachapelle,

Monsieur le Maire,

Il y a un peu plus de seize ans, le 22 avril 189..., vous avez lancé contre M. Arsène Quentin, à ce moment-là maire de Lachapelle, une grave accusation qui entachait son honneur d'administrateur et qui provoqua sa chute et sa mort.

Pour convaincre ses collègues, vous n'avez pas hésité à produire une photographie qui a pu en imposer dans un moment de surprise, mais que je viens qualifier aujourd'hui de faux.

Après de longues années d'attente, j'ai eu le bonheur de voir arriver en mes mains les preuves de l'accusation que je porte, à mon tour, contre vous. J'aurais pu m'adresser aux tribunaux : je ne le veux pas. Ce sont les habitants de Lachapelle que vous avez trompés que je veux faire juges de votre vilaine action.

Je viens donc vous sommer publiquement de communiquer et de publier l'original de la lettre que vous avez lue jadis au Conseil municipal. Mon père sera assez vengé.

Dr OLIVIER QUENTIN.

Le journal faisait suivre quelques commentaires et montrait que cette lettre venait confirmer les deux articles déjà parus. Il donnait en même temps quelques renseignements sur la lutte politique dans Lachapelle, dont l'affaire Quentin constituait un épisode grave, bien propre à rallier à la bonne cause ceux qui s'étaient laissé prendre autrefois à l'impudence d'un homme sans scrupules. Et le rédacteur en chef ajoutait :

Nous sommes à la disposition de M. le maire de Lachapelle, alors même que la loi ne nous en ferait pas une obligation, pour publier tous les documents qu'il voudra bien nous confier.

Cette attaque directe et imprévue pour beaucoup causa une stupéfaction énorme. Les adversaires d'Olivier ne surent d'abord que répondre, et ses amis tremblèrent qu'il ne fût allé trop loin.

Pendant plusieurs jours, les deux camps attendirent une réponse. Ce retard indiquait un désarroi chez les dirigeants du clan Perrier. Celui-ci, malgré les sollicitations de ses intimes, n'avait pas voulu leur donner communication, et pour cause, de la fameuse lettre.

— Je vous la ferai voir plus tard, disait-il. Je la montrerai quand il faudra. Laissez-les *piailler*. Ils veulent la lutte, ils l'auront, ne craignez rien. En attendant, il faut leur en boucher un coin, Jarbel. Envoyez donc une tartine au journal.

Jarbel ne disait ni oui ni non. Il ne se sentait pas inspiré. La tournure que prenaient les événements avait ébranlé son optimisme, et il se demandait pourquoi Perrier s'obstinait à ne pas écraser son adversaire tout de suite, en produisant la lettre.

Devant les instances pressantes du maire, il dut cependant prendre la plume. Mais son article manquait de souffle.

Les calotins, écrivait-il, lèvent tout à fait le masque. Nous sommes encore à un mois des élections et ils en sont déjà à la manœuvre de la dernière heure. Nous les aurions crus moins naïfs. Espèrent-ils donner le change? A qui veulent-ils faire croire que les événements passés n'ont pas été le juste réveil de la conscience publique?

Paix aux morts! Paix à leurs cendres! Le peuple magnanime veut bien les oublier. Que vient-on nous parler de faux et de calomnies? Etait-il seulement nécessaire de présenter des preuves écrites? Les événements parlaient tout seuls.

Votre manœuvre fera long feu, Messieurs les cléricaux. Prenez garde que le jour où nous voudrons enfin parler, ce ne soit pas parmi nous que se trouvent les faussaires.

C'était répondre à côté, avec tous les arguments du bas journalisme. Cela n'aurait pas suffi à raffermir les partisans de la mairie, si une propagande active, soutenue par des promesses, des secours et tous les petits moyens que la pression officielle peut mettre en avant, n'avait été organisée par toute la commune.

Olivier et ses amis ne perdaient pas leur temps non plus, et ils voyaient avec plaisir s'accroître le nombre de leurs partisans.

La lutte, qui aurait dû être entièrement dans les idées, prenait des allures de lutte personnelle, ainsi qu'il arrive presque toujours en matière électorale. Si le point de départ avait été bien marqué par une opposition aux idées socialistes et antireligieuses du parti Perrier, cette cause initiale disparaissait maintenant derrière la personnalité des deux chefs de liste. Les gens ne se disaient plus conservateurs ou radicaux, modérés ou avancés, ils étaient pour Quentin ou pour Perrier. Le nom de ceux-ci était sans doute un programme, mais ce programme lui-même, lettre morte pour un grand nombre d'électeurs, était dominé par la querelle personnelle des deux antagonistes.

Le jeune homme s'en désolait un jour devant l'abbé Boran.

— Consolez-vous, mon cher Olivier, lui répondit le saint prêtre. Dieu se sert de tous les moyens pour amener le triomphe de sa cause. Réjouissons-nous, au contraire, que ce retour du pécheur soit provoqué par la réhabilitation d'un honnête homme plutôt que par des calamités publiques.

Quant au Dʳ Barjon, dont Olivier aurait voulu solliciter incessamment les conseils, il était devenu invisible. Si, par hasard, il arrivait à le saisir entre deux courses, le vieux docteur prenait des allures sibyllines et, un doigt sur la bouche :

— Allez toujours, cher ami. Vous êtes en bonne voie. Ça marche. Adieu, je suis pressé.

Et il repartait d'un autre côté. On le voyait souvent à la Tourette, depuis le jour où Mlle de la Garde l'avait appelé par une lettre urgente. A chacune de ses visites, il ne manquait pas de dire à la jeune fille, en la quittant :

— Pressez, pressez. Ne laissez pas passer une occasion. Nous avons juste le temps. J'espère arriver de mon côté.

Le vieux renard, ainsi que l'avait qualifié le curé, préparait-il quelqu'un de ses tours ?

XII

L'ASSAUT

La dérobade de Perrier était évidente. Il aurait fallu être aveugle pour ne pas voir le trouble qui se dissimulait derrière la phraséologie de convention de Jarbel. Il n'en était pas moins vrai que le maire ne répondait pas à l'appel de son adversaire. Or, comme il est bien difficile de se battre quand un des combattants se terre, Olivier dut chercher un autre moyen de forcer l'ennemi.

Il réunit ses fidèles, c'est-à-dire Barjon, Bardinet et les candidats dont il avait fait choix pour sa liste. Après un exposé de la situation, il leur demanda ce qu'ils penseraient d'une réunion publique à laquelle Perrier serait convié et où tous deux exposeraient leur programme. Là, par la force des choses, se viderait la question du faux.

La proposition était hardie et venait tellement à l'encontre des habitudes d'inertie de la plupart de ceux qui étaient là, que le jeune homme sentit immédiatement que ses paroles avaient jeté du froid dans la petite assemblée.

Il ne voulut pas cependant lâcher pied et, reprenant la parole, il montra que c'était là le seul parti à prendre devant un adversaire qui avait tout intérêt à ne pas répondre et qui trouvait sa force principale dans l'incertitude publique. L'obscurité voulue où le maire cherchait à maintenir cette affaire de faux, qui, par la force des choses, se trouvait mêlée à la lutte, était une tactique qui pouvait réussir.

Sans doute c'était jouer gros jeu que de provoquer semblable réunion, mais pouvait-on reculer ? Il fallait obliger Perrier à se montrer ou renoncer à lutter.

Ces paroles si parfaitement justes demeurèrent quelques minutes sans réponse. Barjon, qui les approuvait, aurait voulu que les autres auditeurs fissent d'abord connaître leur façon de penser. Devant le mutisme ou l'embarras qu'il constatait, il n'attendit pas davantage.

— Ce que vous venez de dire, mon cher ami, est bien pensé ; il y a du nerf et de la logique. Je ne puis donc qu'approuver votre idée, malgré ce qu'elle a de risqué. Je n'y vois qu'un inconvénient, c'est que vos adversaires vous empêcheront de parler. Il est vrai que ce n'est là qu'une question d'organisation. Ne pensez-vous pas, Monsieur Bardinet, que nous ferions bien, avant toute chose, de rechercher le concours d'amis dévoués et solides qui assureraient contre les perturbateurs possibles la liberté de la parole ?

— C'est à quoi je songeais, docteur. Certes, mon âge et mes habitudes me font plutôt redouter ce genre de réunions, mais je comprends qu'il faut jouer le tout pour le tout. Nous en sommes à la partie sérieuse, et nous devons nous faire violence si nous voulons le succès. Ces messieurs doivent penser comme moi, et j'aime à croire que, comme moi, ils n'hésiteront pas à se montrer, d'autant plus que cette marque d'audace va déconcerter nos adversaires et donner confiance à nos amis.

Ces paroles un peu inattendues du père Bardinet entraînèrent les hésitants. Il n'y avait plus qu'à parler organisation. C'est ce qui fut fait. Au moment du départ, Olivier conclut :

— Nous sommes donc tous bien d'accord. Vous avez quinze jours devant vous pour prévenir vos amis et leur donner le mot d'ordre. De mon côté, je m'occuperai de trouver un local convenable. Serez-vous des nôtres, mon cher confrère? Votre présence nous serait d'un grand secours.

— Certainement, et..... je ferai de mon mieux.

Sur cette parole énigmatique, la séance fut levée.

Olivier, sachant pouvoir compter sur le dévouement de Bonneuil, l'invita un soir à dîner. Cette invitation ne pouvait que flatter le brave forgeron et redoubler son zèle. Après le repas, le docteur s'attacha à résumer toute la situation à son hôte. Il lui rappela les causes de la lutte actuelle, lutte d'idées et de principes, aggravée d'une lutte personnelle. Il montra la photographie et, le rapport Vaury en main, expliqua en détail comment le faux avait dû être commis. Puis il rappela les polémiques de journaux et la mise en demeure qu'il avait adressée à Perrier. Celui-ci reculant toujours, il avait décidé de lui demander des explications en réunion publique. Il avait tenu, ajouta-t-il, à lui rappeler tous ces détails déjà connus et à l'initier à ce qu'il ne connaissait pas, pour qu'il fût capable de répondre à toutes les objections et qu'il pût en même temps documenter ses amis. Pour terminer, enfin, il lui demanda son concours et celui de quelques camarades dévoués pour le jour de la réunion, non pour faire le coup de poing, mais pour assurer la liberté de la tribune.

Bonneuil, enflammé par un bon repas et flatté de ce tête-à-tête où il avait été traité d'égal à égal, fit les promesses les plus précises.

Ayant donc pris toutes ses précautions et sachant que ses amis étaient également prêts, Olivier fit placarder des affiches annonçant la réunion publique pour le dimanche 21 avril, à 3 heures de l'après-midi.

Les gens de Lachapelle n'en croyaient ni leurs yeux ni leurs oreilles. Jamais pareil événement ne s'était produit chez eux, et la perspective de cette réunion publique et contradictoire où Perrier était convié enflammait tous les cerveaux.

Perrier en fut désagréablement impressionné. Ses amis vinrent lui dire que l'occasion serait belle d'écraser son adversaire qui venait s'offrir à ses coups. Jarbel était des plus excités.

— J'espère que cette fois, Monsieur le maire, vous allez nous sortir cette lettre et lui fermer la bouche, à ce blanc-bec. Nom d'un chien ! il me tarde d'être à dimanche pour voir comment vous allez l'éreinter !

Tout au fond de lui-même, Perrier était loin de partager l'enthousiasme des siens. Non seulement il craignait d'être impressionné par la grande foule, mais surtout il se sentait désarmé contre cet adversaire décidé à lui arracher cette fameuse lettre ou un aveu de culpabilité. Comment se tirer de ce mauvais pas ? Il ne pouvait avouer qu'il n'avait jamais possédé cette lettre. Ce serait la fin de tout. Comment arranger cela de manière à ne pas se compromettre et à laisser toujours planer les soupçons sur les Quentin ?

Une idée surgit soudain dans son cerveau, tandis qu'un sourire passa sur sa figure couperosée. Il n'avait plus peur.

— A dimanche, mes amis, nous allons rire.

Olivier s'était assuré la libre disposition d'une vaste cour pour tenir sa réunion. Devant la difficulté de trouver une salle assez spacieuse, il s'était arrêté à l'idée d'une réunion en plein air, mais dans un espace clos. Séparée de la rue par un mur plein assez élevé, cette cour s'étendait au-devant d'une maison provisoirement inhabitée. Un perron en longeait toute la façade et devait servir de tribune.

Bien avant l'heure fixée, la foule avait commencé de stationner devant le portail, qui ne devait s'ouvrir qu'à 3 heures. Les enfants, attirés par les rumeurs du public, s'agitaient et couraient à travers les groupes en jouant aux élections :

— Vive Quentin ! criaient les uns.

— Vive Perrier ! reprenaient les autres.

— A bas Quentin !

— A bas Perrier !

Et tour à tour de se poursuivre avec des cris féroces pour, l'instant d'après, se faire la courte échelle afin de s'installer sur la crête du mur, d'où ils pourraient s'offrir le spectacle d'une réunion publique.

Un peu avant 3 heures, Olivier parut dans la rue, accompagné de Bardinet et de ses autres candidats. Dire que ceux-ci eussent mieux aimé s'installer dans l'auberge voisine, en tête-à tête avec une bouteille de vin blanc et une tarte, serait avouer l'exacte vérité. Non pas qu'ils ne fussent tous d'excellentes gens, très désireux de tenir leurs promesses et d'assurer le triomphe de leurs idées, mais cette lutte publique à coups de langue, sinon à coups de poing, les effrayait un peu. Le parti modéré paye assez facilement de sa poche, il n'aime pas toujours à payer de sa personne.

L'enthousiasme juvénile du Dᵣ Quentin, le désir d'une juste revanche de Bardinet, l'assurance de Barjon les avaient cependant entraînés à affronter cette réunion. Aussi, malgré qu'ils en eussent, ils faisaient assez bonne contenance. Leurs précautions, du reste, avaient été prises, car de nombreux amis se pressaient derrière eux. Olivier aurait bien voulu Barjon près de lui, mais, par deux fois, il avait trouvé la maison vide.

L'heure venue, il fit ouvrir le portail et, peu à peu, un par un, sans trop se presser, se mesurant du regard, tous les hommes présents s'introduisirent dans la cour.

Perrier n'étant pas encore arrivé, Olivier attendit pour ouvrir la séance. Il allait et venait dans les groupes de ses partisans, renouvelant ses instructions et ses mots d'ordre.

Vers 3 h. 1/2, une foule bruyante parut à la porte. Au milieu se trouvait Perrier, flanqué de Jarbel et de Sicard. Tout autour, les intimes. Des applaudissements éclatèrent, car Perrier avait eu soin de se faire précéder par de nombreux partisans. Les amis du Dᵣ Quentin laissèrent passer ces applaudissements sans y répondre. Le jeune homme, en sa qualité de promoteur de la réunion, se porta sur le perron et, après quelques mots de remerciements, engagea l'assemblée à élire un Bureau.

Ce fut là le commencement de la lutte et l'occasion de cris nombreux. Bardinet sembla réunir la majorité des suffrages : il vint s'installer derrière une table. Pour l'élection d'un assesseur, ce fut Jarbel qui l'emporta, grâce à l'arrivée d'une nouvelle fournée de partisans de la mairie. On jugea inutile la désignation d'un deuxième assesseur.

Le père Bardinet, très ému, se leva, et, après avoir réclamé le silence, donna la parole au Dᵣ Quentin, priant l'assemblée de garder le plus grand calme et d'éviter les manifestations tumultueuses. Il assura que chacun aurait son tour.

Olivier commença par un historique rapide des événements dans la commune, depuis la chute de son père. Il montra comment, dans une population jusque-là si unie, si tranquille, l'avènement d'une municipalité sectaire avait semé la discorde ; il raconta les angoisses d'un parti terrorisé par le parti adverse, honni, bafoué par une coterie toute-puissante qui ne voulait de liberté que pour elle. Il fit une incursion dans les finances communales, et releva les dépenses insensées, injustifiées, des gaspillages dont le public ne se doutait pas, mais qui se traduisaient par des augmentations incessantes sur les feuilles d'impôt.

— Ah ! fit-il en s'animant, nos adversaires nous traitent de réactionnaires ; c'est là leur grand mot, leur seul argument. Eh bien ! oui, nous sommes des réactionnaires, parce que nous voulons réagir contre leurs procédés et leurs idées. Nous réagissons. A leur haine religieuse nous opposons la foi de nos pères ; à leur sectarisme nous opposons la liberté de pratiquer sa religion sans craindre les moqueries et les représailles. Nous réagissons pour faire donner à nos enfants l'éducation que nous estimons la plus propre à élever leurs âmes et à assainir leurs esprits. S'il plaît à nos adversaires de semer la désunion dans le peuple et de le ruiner en impôts sans cesse grandissants, nous essayerons d'y rétablir la concorde par de sages mesures et une tolérance qu'ils ont toujours ignorée ; nous nous efforcerons de réprimer les abus et de ramener les dépenses à une juste limite. Oui, nous réagirons contre eux de toutes nos forces. A leur action néfaste nous opposerons l'action bienfaisante, et nous serons fiers quand, à leur antipatriotisme, nous aurons pu opposer victorieusement l'amour que nous avons au fond de nos cœurs pour notre patrie. Voilà comment nous sommes réactionnaires.

Bonnenil donna le signal des applaudissements, qui furent aussitôt couverts par des sifflets, des cris et des hurlements. Déjà, à plusieurs reprises, des interrupteurs avaient essayé d'enrayer les paroles vibrantes du jeune homme. Il ne s'était pas laissé démonter et avait pu arriver au bout de la première partie de son discours.

Devant le déchaînement de passions que ses phrases cinglantes avaient réveillées, il se demanda s'il pourrait continuer. Bardinet faisait des efforts désespérés pour ramener le calme. Des apostrophes injurieuses commençaient à percer dans le bruit, et Olivier entendit nettement :

— A la porte! A bas Quentin! A bas le fils du vendu!...

Ses amis essayaient bravement de couvrir ces injures par des acclamations. Des rixes partielles commençaient entre les plus acharnés. Le jeune homme s'était cuirassé d'avance contre ces attaques qu'il avait prévues, mais il n'en sentit pas moins l'aiguillon. Il en prit prétexte pour une entrée en matière plus directe dans la controverse qu'il voulait engager avec Perrier.

D'un bond, il se releva. Son attitude, son geste, sa voix en imposèrent un moment à la foule, et il put faire entendre ces paroles :

— Il n'y a pas ici de fils d'un vendu, il y a ici le fils d'un martyr qu'un faussaire a voulu déshonorer. Ce faussaire, vous le connaissez tous : c'est celui qui a divisé la commune, c'est celui qui persécute ceux qui se font honneur de ne pas penser comme lui. Trop longtemps il a joui de son triomphe. L'heure est venue de lui demander des comptes. Qu'il monte à cette tribune et qu'il se défende, car c'est en accusateur que je me dresse devant lui.

Ces phrases courtes, précipitées, éclataient au-dessus de l'assemblée, dominant les imprécations des uns et les applaudissements des autres. Bien des poings étaient tendus. Le président, impuissant, avait renoncé à obtenir le silence.

Le moment était venu pour Perrier de faire son apparition à la tribune. Ce n'est pas ainsi qu'Olivier avait projeté de l'y appeler, mais les circonstances l'avaient débordé.

Obligé de faire face à des forcenés, recevant les plus grossières injures, il s'était senti frémir dans tout son être et avait lancé ces paroles enflammées, que le tumulte avait été impuissant à masquer.

Le maire est debout sur le perron, de l'autre côté de la table présidentielle, tout proche de Jarbel. La face congestionnée, les mains tremblantes, il ne paraît pas très sûr de lui. Ses amis forment un groupe compact au pied de la tribune pour l'encourager.

Enfin il prend la parole :

— C'est moi qu'on accuse d'avoir semé la discorde dans la commune, et vous venez de voir quels procédés de violence et de mensonge emploient mes adversaires. Sous prétexte de nous appeler à discuter contradictoirement nos idées, on nous attire dans un guet-apens et on nous adresse les pires injures.

Depuis seize ans que j'administre la commune, c'est la première fois que je rencontre pareille violence. Je ne vous suivrai
pas sur ce terrain et je me refuse à toute discussion.

— Bravo ! Vive Perrier ! Bien répondu ! Attrape !

Tels sont les cris dont ses partisans accueillent le speech de
M. le maire.

Les amis d'Olivier protestent contre cette réponse qui n'en est
pas une, mais le docteur, qui a repris son sang-froid, lève la
main.

— Si M. le maire a fini son discours, il me permettra de lui
répondre quelques mots. Je lui dirai tout d'abord que c'est
avec le plus grand calme, sans la moindre attaque personnelle,
que j'ai fait l'exposé de mes idées et de mes principes et que
j'ai développé le programme que mes amis et moi entendons
opposer à son programme. J'ai critiqué non l'homme, mais
l'administrateur. Si par la suite j'ai prononcé des paroles un
peu vives, que je n'ai pas à retirer, du reste, c'est que j'y ai été
poussé par les insultes de ses amis. C'est vous, Monsieur le
maire, ce sont les vôtres, si vous aimez mieux, qui ont déchaîné
la violence. Je n'ai fait qu'y répondre. Vous jugez plus com-
mode de vous retrancher derrière ce prétexte, cela vous permet
de ne rien dire de votre programme, et surtout de ne pas souffler mot des accusations que je persiste à porter contre vous.

Ce ne fut pas sans peine qu'Olivier arriva au bout de sa
réplique. Les cris et les sifflets avaient recommencé. Les premiers rangs seuls pouvaient saisir les paroles du jeune homme.

L'attaque était, cette fois, directe. Perrier ne pouvait plus
reculer. Plus congestionné que jamais, il parcourait de l'œil les
rangs nombreux de ses amis, tandis qu'à son oreille Jarbel,
debout, lui suggérait ses ripostes. Il s'avança sur le bord du
perron.

— M. Quentin a voulu faire des personnalités au lieu de
s'en tenir à la lutte des idées, tant pis pour lui si ça lui retombe
sur le nez. Il aurait dû avoir la pudeur de se taire et de ne pas
réveiller cette vieille affaire qui a montré l'indignité de l'ancien maire de Lachapelle. Les événements avaient déjà permis
de le juger, je me glorifie d'avoir pu apporter la preuve que
tout le monde attendait.

Pâle, Olivier avait vu approcher le moment critique de la
lutte. Il interrompit brusquement :

— Cette preuve était un faux, et je vous mets au défi de l'étaler au grand jour.

— Cette preuve était réelle, reprit Perrier. Tout le monde a pu la voir, et chacun a été convaincu. Votre père lui-même a renoncé à se défendre.

Ce dialogue palpitant avait imposé le silence à toute l'assemblée. Amis et adversaires en suivaient les péripéties, retenant leur souffle, attendant, anxieux, le dénouement.

Le jeune homme, qui jouait une partie suprême, tâchait d'être maître de lui, mais une émotion visible l'étreignait.

— Mon père, dit-il, a courbé le front devant tant d'infamie. Un honnête homme blessé par un coup si perfide ne peut que mourir.

— Des mots, tout cela, qui ne peuvent prévaloir contre une preuve.

— Votre preuve n'a pu résister à l'examen. Votre photographie est truquée, tout comme la lettre elle-même. Montrez-la ouvertement à tous ceux qui sont ici, si vous l'osez.

Devant l'assurance du jeune homme, ses amis applaudirent, et les partisans du maire sentirent le terrain manquer sous leurs pieds. Perrier ne se pressait pas de répondre. Il semblait prendre un temps. Puis, subitement :

— M. Quentin insiste pour que je montre cette lettre, et en même temps il vous raconte une histoire de photographie truquée. C'est assez bien imaginé, mais on comprend son but. Tout le monde sait que j'ai soumis au Conseil une photographie reproduisant une lettre écrite par M. Arsène Quentin. Cela a suffi. Par prudence, je n'avais pas voulu montrer la lettre elle-même, de crainte qu'elle ne fût arrachée des mains et ne fût détruite. J'avais eu raison de craindre, car depuis, l'homme que voici a réussi à faire disparaître cette lettre de chez moi. Comment? Je l'ignore. C'est pourquoi il montre tant d'assurance. Cette lettre, vous me l'avez volée, Monsieur Quentin, mais le passé reste, et vous ne le ferez pas disparaître.

Perrier avait bien machiné sa petite histoire. Le coup porta immédiatement. Ses amis poussèrent des hourras de délivrance, et Olivier, pris à l'improviste, terrassé, ouvrit la bouche, mais aucune parole n'en sortit.

Encore une fois, le mensonge triomphant se dressait en face d'un Quentin.

XIII

ENCORE LE PASSÉ

Une voix domina soudain le brouhaha de la réunion.

— Pas mal trouvé, mon vieux, je ne te croyais pas si fort!

Tous les regards se portèrent vers le portail d'entrée d'où étaient parties ces paroles. Un homme pâle, très amaigri, les cheveux gris et rares, appuyé sur un bâton, s'efforçait de se faire jour vers la tribune, après avoir lancé cette apostrophe. Au-devant de lui, Bonneuil jouait des coudes pour le faire arriver plus vite. Tandis qu'il s'escrimait de son mieux, le vaillant moniteur criait :

— Tout ça, c'est des mensonges. Attendez, vous allez en entendre de belles.

Cette diversion subite permit à Olivier de ne pas perdre contenance. Son regard avait suivi tous les autres regards : une joie immense l'envahit. Il venait de reconnaître son ancien malade de l'hospice, l'homme à la photographie, Renaudot. Il comprit qu'un secours inattendu lui arrivait. Son attitude se fit plus fière.

Perrier, lui aussi, avait reconnu l'homme, et son visage pourpre tourna soudain au blanc de cire.

Le public, lui, ne comprenait rien à tout cela, et quelques quolibets accueillirent la lente montée de l'inconnu sur le peyron. Nous disons bien l'inconnu, car personne, sauf les deux antagonistes, et Bonneuil, prévenu le malin en cachette, ne sut mettre un nom sur cette figure.

Cependant, Renaudot s'était redressé. Se plantant devant Perrier, il répéta ses premières paroles :

— Vraiment, je ne te croyais pas si fort !

Et il fit semblant de lui tendre la main. Le maire se recula et voulut partir.

— Mais non, ne t'en va pas, fit narquoisement Renaudot. On va s'expliquer. Je ne t'avais pas tout dit autrefois. Ces messieurs sont tes amis, ils peuvent donc tout entendre.

Sans répondre, Perrier fit signe à ses partisans de faire descendre l'intrus. Mais l'homme leva son bâton d'un air menaçant, tandis que Bonneuil venait se planter devant lui, les poings en avant.

Olivier avait rapidement donné un mot d'ordre à ses voisins. Des cris s'élevèrent pour que la parole fût accordée à ce nouvel orateur. Malgré les protestations de Perrier, Bardinet réclama le silence et invita l'étranger à parler.

— Messieurs, commença-t-il, je n'ai pas de discours à vous faire, mais je vous dois quelques explications. Je viens d'entendre les dernières paroles de M. le maire, et il est de mon devoir de vous dire qu'il vous a menti.

C'était bref et nettement articulé. Des murmures éclatèrent. On protestait et on réclamait le nom de celui qui se permettait de taxer les autres de menteurs.

— Qui je suis? reprit Renaudot. Je vais vous le dire. Vous m'avez tous connu autrefois : j'étais dessinateur à l'usine électrique. J'ai bien changé : l'âge et..... la boisson ont fait de moi un vieillard. Voilà pourquoi personne ne reconnaît M. Renaudot, qui venait autrefois faire la partie chez Perrier et trop souvent passer ses nuits à jouer et à boire. Vous me reconnaissez, maintenant? Alors je reprends. Perrier vous a menti en disant que le Dᵣ Quentin lui avait volé la lettre accusatrice.

— Ne protestez pas. Je ne dis que la vérité et je vous le prouverai tout à l'heure. M. Quentin ne pouvait voler cette lettre, puisque cette lettre n'a jamais existé et que Perrier n'a jamais possédé que la photographie que vous savez.

L'assemblée devenait houleuse, prise à la fois de doute et d'impatience. Pour les uns, on perdait son temps à écouter ces histoires ; pour les autres, ça commençait à devenir intéressant.

Dominant les conversations particulières, la voix de Renaudot continua :

— Tout cela peut vous paraître contradictoire, et cependant cela est vrai. C'est moi qui ai fait cette photographie. Tous ceux qui m'ont connu à l'époque savent que j'étais de belle force dans cette partie. Je vous dirai dans un moment comment je l'ai faite. Avant, je veux vous dire pourquoi je l'ai faite.

J'étais un assidu de chez Perrier, qui, à cette époque, n'était que conseiller municipal ; j'étais un bon client, mais le jeu et le vin vidaient trop rapidement ma modeste bourse d'employé. J'avais de plus en plus des retards à la fin du mois, et mon compte avait fini par s'enfler démesurément sur les livres de mon ami. Je dis mon ami, car nous avions pris l'habitude de nous tutoyer et de nous raconter mutuellement nos petites affaires. C'est ainsi que je connaissais son ambition d'être maire, et il me tenait au courant de la campagne occulte qu'il menait contre M. Arsène Quentin. Je l'encourageais de mon mieux, parce que j'avais une dent contre celui-ci qui, un jour, avait refusé d'annuler un procès-verbal dressé contre moi pour infraction à la loi sur l'ivresse.

Les élections approchaient, et Perrier m'ayant dit, à diverses reprises, qu'il aurait une belle occasion de tomber le maire, mais qu'il lui faudrait un papier pour appuyer ses accusations, je me laissai envahir par une idée mauvaise. Quelques jours après, je proposai un marché à mon ami. Il me ferait remise de ma dette, qui s'élevait à près de cinq cents francs, ajouterait en plus cinq autres beaux billets de cent francs, et moi je lui fournirais ce dont il avait besoin. Le marché fut vite conclu, et vous savez ce qui arriva.

Perrier avait baissé la tête pendant ces explications, et quand Renaudot fit une pause il esquissa de vagues protestations.

L'assemblée entière faisait silence maintenant. Les amis du Dr Quentin attendaient la fin avec impatience, et ceux du maire, ne sachant trop ce qu'il fallait penser de ces révélations, réservaient leur opinion. Leur silence pouvait être gros d'imprévu pour Perrier. Ses faibles protestations réveillèrent donc peu d'échos, car son attitude confirmait la véracité des paroles de Renaudot. Jarbel, ahuri, ne quittait pas l'orateur des yeux, cherchant à travers ses paroles à faire sienne la pensée intime de cet homme. De temps à autre, il jetait un rapide coup d'œil sur Perrier pour juger de l'effet produit par les sensationnelles révélations de Renaudot. Une idée lancinante commençait à poindre dans le cerveau de l'instituteur et y produisait la sensation douloureuse d'un point névralgique. Cette idée ne le quittait plus et il la traduisait ainsi : « Le maire se serait-il payé notre tête ? »

La voix de Renaudot reprit :

— Vous savez maintenant pourquoi j'ai fait le faux. Il me reste à vous dire comment je l'ai fait. L'explication que je vais vous fournir vous apportera la preuve que je n'invente rien, et que dans cette affaire il y a deux coupables : Perrier et moi, et un innocent, M. Arsène Quentin.

Des bravos éclatèrent nombreux chez les partisans d'Olivier. Les autres semblaient ne plus entendre.

A ce moment, on perçut le roulement d'une voiture dans la rue, et aussitôt le baron de la Garde et le directeur de l'usine firent leur entrée dans la cour.

— Voici la preuve qui vient vers vous, continua Renaudot. Tout à l'heure, M. de la Garde a bien voulu me déposer à la porte, sans que vous vous en aperceviez, et il est reparti vers l'usine chercher des pièces dont j'avais besoin pour ma démonstration.

Si vous êtes étonnés de me voir vous étaler ma mauvaise action avec tant de complaisance, je vous dirai que j'en ai aujourd'hui un profond repentir et qu'une sainte fille de cette commune m'en a fait comprendre toute l'horreur. Je dois à Mlle de la Garde, qui m'a recueilli errant, désespéré, vaincu, par la maladie, d'avoir pu revenir à la santé. Aidée du Dr Barjon, elle m'a arraché à la mort. Elle a fait plus et mieux : connaissant sans doute, je ne sais comment, la tare morale qui pesait sur moi plus que la maladie, plus que l'âge, elle m'a amené par la persuasion à lui raconter ma vie. Je lui ai tout dit sans réticences et elle a exigé cette réparation publique. Voilà pourquoi je suis ici.

Avant de l'avoir rencontrée, j'aurais pu parler pour me venger, Monsieur le maire, car vous m'avez un jour chassé de chez vous et menacé des gendarmes, moi qui vous avais fait maire. Mais aujourd'hui je ne cherche pas la vengeance. Je viens donner à un honnête homme la réparation qui lui est due. Tant pis pour vous si cette réparation vous écrase.

Un grand silence régnait dans la cour. On ne doutait plus, mais tout n'était pas dit encore. Renaudot continua :

— Voici une lettre que vient d'apporter M. le directeur de l'usine. Elle est du 19 avril 189., il y a seize ans. Je ne puis la remettre à tous, mais je vais la remettre à ces messieurs du Bureau, auxquels quelques personnes voudront bien se joindre pour suivre les explications qu'il me reste à donner. M. le Dr Quentin doit avoir la photographie en question, je le prie de la déposer sur le bureau pour permettre de la comparer avec cette lettre. La lettre émane de M. Arsène Quentin : c'est elle que j'ai utilisée. Je prie un de ces messieurs de la lire tout haut.

Bardinet passa la lettre à Jarbel, qui fit la lecture demandée :

Monsieur l'ingénieur,

Ainsi qu'il a été convenu entre nous, je vais soumettre dimanche votre projet à mon Conseil. Puisque vous maintenez, malgré toutes les considérations que j'ai pu vous développer, vos conditions draconiennes, je viens vous répéter encore une fois qu'il y a des chances pour que vous n'aboutissiez pas. C'est pourquoi je viens vous supplier une dernière fois de réfléchir.

Dans l'attente de votre réponse, je vous prie d'agréer l'assurance de ma parfaite considération.

ARSÈNE QUENTIN.

— Ce n'était qu'un jeu pour moi, reprit Renaudot, de photographier certaines parties de la lettre et de laisser des blancs sur mon cliché. Ces blancs, je les ai remplis peu à peu par d'autres mots, d'autres phrases qui dénaturaient le sens de la lettre. Je n'avais pas eu à m'exercer longtemps pour arriver à une imitation presque parfaite de l'écriture de M. Quentin. Seule, la signature était inimitable. Aussi avais-je eu l'idée de travailler cette lettre, qui était bien de lui, et d'en utiliser tout ce que je pourrais. Les mots et les phrases authentiques que je laissais devaient, dans mon idée, servir à dérouter des experts si jamais on soupçonnait la fraude. Je ne vous dirai pas toutes les manipulations photographiques par lesquelles je suis arrivé à donner à mon cliché l'aspect de la reproduction exacte d'une lettre réelle. Question de doigté et de tour de main. Je n'en manquais pas.

Vous avez eu connaissance de la lettre vraie, voici ce qu'elle est devenue dans ma photographie. Vous avez dû l'oublier depuis longtemps.

Jarbel de nouveau se leva et lut la photographie :

Monsieur l'ingénieur,

Ainsi qu'il a été convenu entre nous dans nos diverses entrevues, je me suis efforcé d'amener mon Conseil à accepter vos propositions. Le morceau sera peut-être dur à avaler, mais je compte réussir. C'est dimanche que la chose doit se décider et je viens de réfléchir que pour m'aider à réussir, il me faudrait une lettre de vous, où vous me diriez carrément que vous abandonnez vos travaux et la commune si le Conseil ne vote pas le projet.

Dans l'attente de votre réponse, je vous prie d'agréer l'assurance de ma parfaite considération.

ARSÈNE QUENTIN.

Devant un auditoire empoigné par la situation et devenu tout oreille, Renaudot reprit :

— La seule comparaison de ces deux lettres suffit pour prouver que je vous dis la vérité. La place de la suscription et de la signature est mathématiquement la même sur la lettre et la photographie. Il en est de même des interlignes. Le cachet des archives de la Société occupe aussi très exactement la même place sur les deux pièces, ce qui ne se rencontre pas dans d'autres lettres que voici. Je veux insister sur ce cachet. Il m'a valu bien des cauchemars. Sa présence eût dû faire soupçonner le faux tout de suite, car il saute aux yeux que s'il y avait eu entente entre M. Quentin et la Compagnie, cette dernière se serait bien gardée de verser à ses archives publiques et d'authentiquer une pareille lettre. J'avais commis là une grosse maladresse en ne supprimant pas ce cachet.

Enfin, un dernier point. Que ces messieurs veuillent bien examiner plusieurs de ces lettres et les comparer à celle qui nous occupe. Ils vont constater sur le papier de celle-ci une quantité de petits trous qui n'existent pas sur les autres. Ce sont les trous des punaises d'acier dont je me suis servi pour la fixer devant mon objectif.

Je crois vous avoir tout dit maintenant et vous avoir convaincus. L'attitude de mon complice est, du reste, un aveu. Il ne me reste plus qu'à demander pardon au D' Quentin et à m'en remettre à sa discrétion.

Le vagabond avait fini de parler que le silence continuait à régner. Ces révélations inattendues avaient plongé tout le monde dans la stupeur. Perrier ne songeait plus à protester, et Olivier, tout à la joie du triomphe, songeait à sa mère et aussi à cette jeune fille qui avait pris une si grande part à sa victoire. M. de la Garde, le directeur, Bonneuil, tous ses amis s'étaient rapprochés et lui témoignaient chaudement leurs sympathies. Il ne savait que répondre, il serrait toutes les mains, des larmes plein les yeux. Il comprit enfin qu'on attendait quelques mots de lui. Il s'avança sur le bord du perron et, d'une voix tremblante :

— Mes amis, vous me comprendrez si je reporte tout à l'heure mes souvenirs vers mon vénéré père et si je veux proclamer devant vous tous, témoins de son angoisse mortelle, la haute honorabilité de M. Arsène Quentin.

Des acclamations unanimes s'élevèrent, suivies bientôt de huées. C'était Perrier qui s'éclipsait, suivi de son état-major, la tête basse. Jarbel, au bureau, s'était levé et, prenant son chapeau :

— Je vais demander mon changement, jeta-t-il en gagnant la sortie. Je ne suis qu'un serin.

Quand le calme fut rétabli, Olivier reprit la parole :

— Après m'être réjoui avec vous de l'honneur rendu publiquement à mon père, laissez-moi me réjouir aussi des heureuses circonstances qui vont assurer le triomphe de nos idées. Si je me suis mis à votre tête pour mener le bon combat, c'est que je savais n'être pas indigne de vous montrer la route. S'il restait des doutes à quelques-uns d'entre vous, j'espère qu'ils sont complètement dissipés et que nous allons tous marcher la main dans la...

Des rires bruyants coupèrent la parole au docteur. Tous les regards s'étaient tournés vers le fond de la cour, où l'on voyait arriver le D' Barjon, tout congestionné, le poil hérissé, traînant après lui, portant presque un homme dont les jambes flageolaient et dont la tête roulait d'une épaule à l'autre, tandis que ses gros yeux hébétés regardaient dans le vague.

— La Loutre ! La Loutre ! cria la foule.

C'était la Loutre, en effet, que menait Barjon, dont la colère semblait à son paroxysme. Arrivé sur le perron, il prit Olivier dans ses bras :

— Mes félicitations, mon cher ami, votre triomphe est complet. Je viens de l'entendre crier pendant que je luttais contre l'inertie de cette loque avinée. En voilà un qui me la payera. Je fais un fameux imbécile. Je préparais ma surprise, moi aussi, et voici que j'arrive après la bataille, parce que je me suis fait rouler par cet ivrogne, ce chenapan !

L'assemblée s'était dispersée peu à peu, mais un groupe d'amis avait fait cercle autour de nos personnages et écoutait les explications de Barjon.

Olivier lui tenait les mains et le remerciait chaleureusement du rôle de providence qu'il avait joué si pleinement auprès de

lui depuis son arrivée à Lachapelle, et principalement aujour-
d'hui

— J'étais perdu sans vous. Le mensonge l'aurait emporté
encore. Je n'aurais pu m'en défendre. Ah! vous m'avez envoyé
Renaudot au bon moment!

— Mais ce n'est pas moi, dit le vieux praticien tout contrit,
c'est Mlle de la Garde qui a tout fait. Elle s'était chargée de
Renaudot et moi de la Loutre. Cet ivrogne m'avait promis
de venir dire ici la vérité, c'est-à-dire le rôle louche que Perrier lui avait soufflé. Bien qu'il ne soit plus pris au sérieux
par personne, son témoignage, ajouté à d'autres, pouvait vous
être utile, dans l'état d'esprit actuel du public. D'autant plus
que nous n'étions pas sûrs d'arriver avec Renaudot. L'animal
s'est fait tirer l'oreille jusqu'au dernier jour, c'est pourquoi
nous ne vous en avons jamais parlé. Mlle de la Garde a supé-
rieurement conduit sa partie, tandis que moi..... Figurez-vous
que quand je suis allé chercher cette brute avec ma voiture,
je l'ai trouvée ivre morte, malgré les promesses les plus sacrées
que je lui avais arrachées. Vous voyez d'ici mon état d'esprit :
je l'aurais tuée. Je me suis contenté de lui faire respirer de
l'ammoniaque, que j'avais eu l'heureuse inspiration d'apporter.
Mais la dose d'alcool était trop forte, j'ai dû lutter longtemps
et j'arrive quand tout est fini.

On riait autour du brave docteur, mais il fut bien acclamé,
car, malgré cet incident grotesque, on soupçonnait qu'il avait
été le principal artisan du succès.

Les dernières poignées de mains s'échangèrent. M. de la
Garde prit congé d'Olivier.

— Mon cher docteur, je suis heureux de la réparation écla-
tante que cette journée vous a apportée, et je vous renouvelle
tous mes compliments. Permettez que je vous reprenne votre
faussaire repentant. Je dois le ramener au château et prendre
aussi ma fille, en passant à Beauchamp, où elle a voulu aller
tenir compagnie à Mme Quentin et calmer ses angoisses.

Ces mots du baron éclairèrent la figure du jeune homme
d'un nouveau rayonnement. Une légère rougeur colora ses
joues. M. de la Garde ne s'en aperçut pas, mais Barjon vit
très bien l'émotion d'Olivier.

— Tiens, tiens, dit-il en lui-même. Faudra-t-il jouer encore
le rôle de providence ?

Le jeune homme lui saisit le bras.

— Mon cher confrère, venez avec moi à Beauchamp, que ma mère puisse vous remercier comme vous le méritez.

Les deux hommes traversèrent les rues de Lachapelle, où régnait une animation extraordinaire. Chacun commentait les événements. Sur leur passage, tous les chapeaux se levaient, toutes les mains se tendaient. Olivier put goûter les prémices du triomphe définitif.

En arrivant à Beauchamp, il reçut sa mère dans ses bras, et tous deux pleurèrent sans un mot.

Barjon s'était retiré à l'écart, tout ému. Olivier vint le prendre et le conduisit à Mme Quentin. Celle-ci lui tendit les mains sur lesquelles le brave homme posa respectueusement les lèvres.

XIV

ÉPILOGUE

Depuis un an, le D' Quentin est maire de Lachapelle. Il n'a eu qu'à reprendre les traditions de son père pour satisfaire ses administrés. Les mauvais jours sont effacés, on ne parle plus des événements fâcheux qui avaient assuré le triomphe de Perrier, on ne veut même plus y faire allusion, car chacun a honte de s'être laissé prendre à l'imposture. L'imposteur a, du reste, quitté le pays, après avoir liquidé à perte toutes ses industries.

N'ayant plus à craindre la persécution ou les sarcasmes, les gens de Lachapelle se sont laissé gagner plus facilement par le zèle et l'apostolat du vénérable curé et de son vicaire.

L'abbé Boran et l'abbé Jouvence sont dans l'exultation et louent chaque jour le Seigneur pour les consolations que leur apportent la vue d'une église mieux remplie et la fréquentation plus nombreuse des sacrements. Ils voient encore autour d'eux, hélas! bien des dissidents, mais ces loups errant autour de leurs ouailles ne font qu'exciter leur saint zèle, et ils redoublent de dévouement pour augmenter leurs conquêtes, conserver les âmes qu'ils ont gagnées à Dieu.

En cette belle journée de juin où nous sommes, le pasteur et son vicaire sont débordés. Ils vont du presbytère à l'église et de l'église au presbytère, surtout l'abbé Jouvence, dont l'alerte jeunesse se prête mieux à ces allées et venues insolites. Sous leurs ordres, une vingtaine d'enfants de bonne volonté s'engouffrent dans l'église, portant tapis, fauteuils, fleurs et verdure. Ils sont bien un peu bruyants, ces bambins, ils se taquinent jusque dans le lieu saint, mais l'abbé, qui vient de donner une chiquenaude au plus polisson, se laisse aller, l'instant d'après, à sourire d'une saillie du plus espiègle. La discipline se trouve ainsi relâchée, mais ne faut-il pas que le bon abbé pardonne, en raison du travail pressé qu'il exige de ses enfants et qu'ils sont heureux d'accomplir?

C'est qu'il la veut belle, son église, le jeune vicaire. Son curé lui a laissé carte blanche, pourvu que ce fût très beau. Il tient à contenter son chef vénéré, pour faire honneur à la cérémonie qui se prépare.

Le lendemain, à 10 heures, les cloches lanceront leur plus beau carillon, et l'on verra un brillant cortège pénétrer par le grand portail de l'édifice. Un jeune couple plein de vie et de bonheur marchera en tête et viendra jusqu'au pied de l'autel, où l'attendra le vieux pasteur ému.

Demain, ce sera le mariage du D' Olivier Quentin avec Mlle de la Garde.

Barjon ne s'était pas trompé. Il avait vu clair, le jour de la réunion publique : le cœur d'Olivier s'était trahi inconsciemment. Mais il avait deviné aussi, le vieux docteur, que jamais le jeune homme ne laisserait échapper son secret, alors même que Mlle de la Garde partagerait ses sentiments. Il le connaissait assez pour savoir que, malgré la situation que lui faisaient les événements, malgré l'ancienneté et l'honorabilité de sa famille, malgré aussi sa propre valeur, Olivier s'estimerait trop loin de Mlle de la Garde pour oser risquer un aveu.

Un secret pressentiment s'était bien emparé du jeune triomphateur quand le baron lui avait appris que sa fille avait voulu aller passer le temps de la réunion à Beauchamp. Cette démarche était assez significative. Malgré que des relations régulières se fussent établies entre les deux femmes, le fait d'avoir voulu apporter à la veuve le réconfort de sa présence et des espérances que son action auprès de Renaudot avait fait naître témoignait chez la jeune fille une sympathie profonde qui dépassait la mère pour aboutir au fils. C'était ainsi qu'il avait apprécié cette démarche. Néanmoins, quelle que fût la joie intime qu'il en avait ressentie, il estimait que son honneur lui commandait de refouler ces doux sentiments au plus profond de lui-même.

Il avait fait au château, en compagnie de sa mère, une très longue visite de remerciements. Là il avait appris par le détail l'histoire de Renaudot. Celui-ci, après avoir quitté Lachapelle, chassé et menacé par Perrier, avait erré quelque temps dans le pays, vivant d'aumônes et même de légères rapines dans les champs. Puis un jour, passant près de l'étang en construction, il s'était embauché parmi les travailleurs. Dans les bois du baron, une vieille hutte abandonnée, qu'il avait réparée tant bien que mal, lui avait servi de gîte. Il avait vécu là quelques semaines en sauvage, ne frayant guère avec les autres ouvriers, qui ne le connaissaient pas et ne cherchaient nullement à nouer des relations avec l'inconnu.

Le travail dans ces terres marécageuses n'avait pas tardé à produire les effets les plus funestes sur l'organisme débilité de Renaudot, qui, sorti trop tôt de l'hospice, s'était trouvé dans les conditions les plus favorables pour contracter la fièvre paludéenne. Il ne vint plus au chantier que d'une manière irrégulière, puis cessa bientôt de paraître. Bien qu'on s'inquiétât peu de lui, quelques camarades eurent la curiosité de pousser jusqu'à sa cabane. Ils le trouvèrent grelottant de fièvre, perdu dans le délire, avec le dénuement le plus complet autour de lui. Par pitié pour ce pauvre diable, ils informèrent Mlle de la Garde de leur découverte.

Nous connaissons assez la jeune fille pour deviner quelle fut sa conduite. L'abandonné fut transporté au château, et le Dʳ Barjon mandé sur-le-champ. Celui-ci, du premier coup d'œil, reconnut son ancien malade, le fameux Rousseau ou Renaudot, qu'il ne comptait plus revoir. Mlle Geneviève fut mise au courant de l'importance de cette découverte.

— Il faut que nous le guérissions à tout prix, Mademoiselle. Sa mort ne serait peut-être pas une grande perte pour l'humanité, mais nous avons besoin de lui. Je vais tout tenter pour lui sauver la peau. Je vous laisserai le soin du sauvetage moral.

Nous savons le reste.

Olivier s'efforça de témoigner à la jeune fille toute la reconnaissance qu'il lui devait. Il le fit dans des termes touchants, mais où il s'appliqua à ne rien laisser percer de ses pensées intimes.

Mlle Geneviève en eut-elle l'intuition? Comprit-elle à demi-mot, ou bien la vibration à l'unisson de leurs deux âmes, tournées depuis longtemps vers le même but, fut-elle le signe avertisseur? Toujours est-il qu'une sensation de gêne naquit soudain dans la conversation. Mme Quentin s'empressa de prendre congé.

Le D* Barjon, qui arriva peu après leur départ, comprit tout quand il eut causé cinq minutes avec Mlle de la Garde. Heureux de constater parité de sentiments chez les deux jeunes gens, il se promit d'agir sans tarder. Il avait été le bon ouvrier du succès de son jeune confrère, ne fallait-il pas qu'il parachevât son œuvre?

Malgré son savoir-faire et malgré l'influence dont il jouissait justement sur le baron, il fût difficilement venu à bout de vaincre l'opposition de celui-ci si sa collaboratrice ordinaire ne lui eût prêté son concours. M. de la Garde voulait bien reconnaître à Olivier les meilleures qualités du monde, une haute intelligence, l'honorabilité d'un nom très ancien et toujours bien porté ; cela, pour lui, ne remplaçait pas la naissance.

Mais si le baron était entêté, sa fille était tenace.

En dépit de la retenue qui s'impose à toute jeune fille en semblable matière, Mlle Geneviève s'était rendu compte que les circonstances la mettaient dans l'obligation d'agir auprès de son père d'abord, puis de faciliter les premiers pas à celui qu'elle avait choisi dans toute l'ingénuité de son cœur.

Et voilà comment, dans ce beau jour de juin, l'église de Lachapelle voit la célébration de ce brillant mariage.

Dans le discours ému que l'abbé Boran adressa aux jeunes époux, il sut montrer le doigt de Dieu s'immisçant dans les affaires terrestres, les conduisant à son gré, à travers les épreuves et les larmes, pour les faire aboutir quand il juge le moment venu. Il sait associer à sa cause, pour la faire triompher, les personnes les plus humbles et les plus misérables, comme aussi il emploie avec succès ceux auxquels il a donné l'intelligence et qui semblent parfois les plus étrangers à ses desseins et à ses lois.

Le bon curé pleura et fit pleurer.

A la sacristie, après le défilé traditionnel, Geneviève et Olivier, sortant des bras de Mme Quentin et de M. de la Garde, se retournèrent vers le Dᵣ Barjon, l'embrassèrent très tendrement et lui rendirent l'hommage public que méritaient ses interventions répétées en leur faveur. Le vieux docteur, sous ses grands airs sceptiques, se sentit tout troublé de cette manifestation venue du cœur. Il eut peine à retenir une larme qui vint perler sous la paupière.

Pour donner le change, il s'en prit au curé Boran, qui contemplait cette scène en souriant.

— Vous en dites de belles sur mon compte, et dans votre église encore, pour que je ne puisse pas vous répondre. Je vous garde rancune de vos allusions et vous ne m'attraperez jamais.

— Il me suffit, docteur, répondit le prêtre, de savoir que vous êtes un brave homme et un brave cœur. Le reste viendra de soi.

Après le lunch, qui eut lieu à Beauchamp, les voitures emmenèrent tous les invités vers une dernière cérémonie, dont parlait depuis longtemps toute la commune.

Il s'agissait d'inaugurer la maison de convalescence « Arsène Quentin », édifiée par Olivier à la mémoire de son père pour les enfants pauvres de Lachapelle.

Depuis les tristes révélations du passé, sa mère et lui avaient nourri le projet d'affecter à une œuvre utile ce fameux bois de la Tremble, cause ou prétexte de leurs malheurs.

Médecin et maire de sa commune, Olivier avait eu l'idée naturelle d'une maison de santé qui, placée dans ces hautes futaies comme dans un parc, serait la dispensatrice de la force aux petits déshérités de la commune.

Une grande partie de ces bois magnifiques avait été mise en exploitation. Le produit avait servi à édifier la maison et devait en assurer l'existence. Deux hectares de futaies réservés autour de l'établissement furent aménagés en parc. Les travaux avaient été menés rapidement, afin de pouvoir faire coïncider l'inauguration de la « Fondation Arsène-Quentin » avec le mariage. Olivier voulait associer sa chère Geneviève à l'hommage rendu à la mémoire paternelle et placer son union sous l'égide de cette bonne œuvre.

Tout Lachapelle avait été convié à cette inauguration. Aussi la foule était-elle nombreuse quand arrivèrent les voitures de la noce. Des acclamations enthousiastes accueillirent les mariés, et ils eurent quelque peine à parvenir au seuil de la maison, à travers la multitude empressée.

Sœur Sainte-Marie les attendait. C'est elle, dont le rôle avait été si opportun pour Olivier, que celui-ci avait voulu placer à la tête de sa maison de convalescence. Ses nombreuses années de dévouement hospitalier avaient altéré sa santé, et il était juste qu'elle partageât avec ses pauvres les bienfaits du grand air dans les bois de la Tremble.

Près d'elle, un homme à cheveux gris, à la tenue modeste et aux allures timides, s'empressa pour souhaiter la bienvenue aux jeunes époux. C'était notre ancienne connaissance Renaudot. En règle avec la loi, par la prescription, pour ses diverses peccadilles, son affaire de faux restant lettre morte, puisque aucune plainte n'avait été portée, il avait reçu asile, lui aussi, dans cette maison. Pour le remercier de son aveu sincère, et sur la demande instante de Geneviève, qui répondait de lui, Olivier l'avait installé là comme factotum. Il serait à la fois le gardien, le comptable et l'économe de la fondation.

Quelques enfants se pressaient déjà autour de Sœur Sainte-Marie. Ils avaient des bouquets en main, qu'ils offrirent à Geneviève et à Mme Quentin, après que le plus âgé eut récité un compliment à la louange des deux familles.

Aux applaudissements répétés de la foule, les deux femmes embrassèrent ces enfants.

Puis chacun se dispersa pour visiter qui le parc, qui l'établissement. Olivier, apercevant Bonneuil, accompagné de son jeune garçon, l'appela d'un signe pour lui remettre un papier.

— C'est la bourse que je vous ai promise, mon cher Bonneuil. En octobre prochain, votre Roger entrera à l'école d'agriculture. Qu'il travaille bien et qu'il continue à être un honnête garçon. Dans quelques années, M. de la Garde aura besoin d'un régisseur actif ; la place sera pour lui.

Pour couper court aux remerciements, Olivier s'empressa de pénétrer dans l'établissement, au bras de sa chère femme.

Pendant ce temps, Sœur Sainte-Marie montrait au Dᵉ Barjou la petite infirmerie qu'elle avait organisée. Entre temps, elle s'entretenait avec lui des événements.

— Que de chemin parcouru, docteur, depuis le jour où un

pauvre délirant nous lançait en ricanant le nom de M. Arsène Quentin! Comme la Providence sait bien mener toute chose, et comme tout s'enchaîne!

— C'est la justice immanente, ma Sœur.

— Vous dites, docteur?

— Je dis la justice immanente. Vous ignorez ce que c'est, peut-être. Que vous apprend-on dans votre couvent? ajouta Barjon avec son air narquois des anciens jours.

Et tandis qu'il riait en dessous, regardant la pauvre Sœur confuse, Geneviève, qui arrivait avec son mari et avait entendu la conversation, prit Sœur Sainte-Marie par le bras :

— Ne vous en laissez pas imposer par ce vilain, ma bonne Sœur. Il a une façon à lui de s'exprimer, mais, au fond, il est de votre avis. En réalité, quand il vous parlait de justice immanente, il voulait dire : Dieu!

FIN

◆◆◆◆◆◆◆◆◆◆◆◆◆◆◆◆◆◆◆◆◆◆◆◆◆◆◆◆◆◆◆◆◆◆◆◆

ROMANS POPULAIRES

POUR PARAITRE LE 1ᵉʳ MARS 1914

NOTRE FRONTIÈRE

Par PAULIN COMTAT

Roman patriotique, plein d'actualité. C'est l'histoire de la guerre de demain. Dans la formidable mêlée qui se produira quelque jour entre la France et l'Allemagne, de quel côté sont les plus grandes chances de succès? Qui sera victorieux? M. Paulin Comtat nous donne un poignant récit de ce duel gigantesque et nous en met sous les yeux le résultat définitif grâce à une invention qui a fait ces temps derniers quelque bruit dans les journaux. L'ardent patriotisme de l'auteur est communicatif et l'on tressaille d'émotion et d'espérance en dévorant ces pages vibrantes.

1-69-12. — Imprimerie P. FERON-VRAU, 3 et 5 rue Bayard, Paris, VIIIᵉ

Imp. Paul Feron-Vrau
3 et 5, rue Bayard
PARIS